U0088408

史上最強日檢N3文法

日本語能力試驗N3 文法＋單語練習問題集

雅典日研所◎企編

單字精選模擬試題

50音基本發音表

清音

a ㄚ	i ㄧ	u ㄨ	e ㄝ	o ㄡ
あ ア	い イ	う ウ	え エ	お オ
ka ㄎㄚ	ki ㄎㄧ	ku ㄎㄨ	ke ㄎㄝ	ko ㄎㄡ
か カ	き キ	く ク	け ケ	こ コ
sa ㄙㄚ	shi ㄒ	su ㄙ	se ㄙㄝ	so ㄙㄡ
さ サ	し シ	す ス	せ セ	そ ソ
ta ㄊㄚ	chi ㄑㄧ	tsu ㄘ	te ㄊㄝ	to ㄊㄡ
た タ	ち チ	つ ツ	て テ	と ト
na ㄋㄚ	ni ㄋㄧ	nu ㄋㄨ	ne ㄋㄝ	no ㄋㄡ
な ナ	に ニ	ぬ ヌ	ね ネ	の ノ
ha ㄏㄚ	hi ㄏㄧ	fu ㄈㄨ	he ㄏㄝ	ho ㄏㄡ
は ハ	ひ ヒ	ふ フ	へ ヘ	ほ ホ
ma ㄇㄚ	mi ㄇㄧ	mu ㄇㄨ	me ㄇㄝ	mo ㄇㄡ
ま マ	み ミ	む ム	め メ	も モ
ya ㄧㄚ		yu ㄧㄩ		yo ㄧㄡ
や ヤ		ゆ ユ		よ ヨ
ra ㄌㄚ	ri ㄌㄧ	ru ㄌㄨ	re ㄌㄝ	ro ㄌㄡ
ら ラ	り リ	る ル	れ レ	ろ ロ
wa ㄨㄚ		o ㄨ		n ㄣ
わ ワ		を ヲ		ん ン

濁音

track 003

ga ㄍㄚ	gi ㄍㄧ	gu ㄍㄨ	ge ㄍㄝ	go ㄍㄡ
が ガ	ぎ ギ	ぐ グ	げ ゲ	ご ゴ
za ㄗㄚ	ji ㄐㄧ	zu ㄗ	ze ㄗㄝ	zo ㄗㄡ
ざ ザ	じ ジ	ず ズ	ぜ ゼ	ぞ ゾ
da ㄉㄚ	ji ㄐㄧ	zu ㄗ	de ㄉㄝ	do ㄉㄡ
だ ダ	ぢ ヂ	づ ヅ	で デ	ど ド
ba ㄅㄚ	bi ㄅㄧ	bu ㄅㄨ	be ㄅㄟ	bo ㄅㄡ
ば バ	び ビ	ぶ ブ	べ ベ	ぼ ボ
pa ㄆㄚ	pi ㄆㄧ	pu ㄆㄨ	pe ㄆㄝ	po ㄆㄡ
ぱ パ	ぴ ピ	ぷ プ	ぺ ペ	ぽ ポ

拗音

kya ㄌㄧㄚ		kyu ㄌㄧㄩ		kyo ㄌㄧㄡ	
きゃ	キャ	きゅ	キュ	きょ	キョ
sha ㄒㄧㄚ		**shu** ㄒㄧㄩ		**sho** ㄒㄧㄡ	
しゃ	シャ	しゅ	シュ	しょ	ショ
cha ㄑㄧㄚ		**chu** ㄑㄧㄩ		**cho** ㄑㄧㄡ	
ちゃ	チャ	ちゅ	チュ	ちょ	チョ
nya ㄋㄧㄚ		**nyu** ㄋㄧㄩ		**nyo** ㄋㄧㄡ	
にゃ	ニャ	にゅ	ニュ	にょ	ニョ
hya ㄏㄧㄚ		**hyu** ㄏㄧㄩ		**hyo** ㄏㄧㄡ	
ひゃ	ヒャ	ひゅ	ヒュ	ひょ	ヒョ
mya ㄇㄧㄚ		**myu** ㄇㄧㄩ		**myo** ㄇㄧㄡ	
みゃ	ミャ	みゅ	ミュ	みょ	ミョ
rya ㄌㄧㄚ		**ryu** ㄌㄧㄩ		**ryo** ㄌㄧㄡ	
りゃ	リャ	りゅ	リュ	りょ	リョ

gya ㄍㄧㄚ		gyu ㄍㄧㄩ		gyo ㄍㄧㄡ	
ぎゃ	ギャ	ぎゅ	ギュ	ぎょ	ギョ
ja ㄐㄧㄚ		**ju** ㄐㄧㄩ		**jo** ㄐㄧㄡ	
じゃ	ジャ	じゅ	ジュ	じょ	ジョ
ja ㄐㄧㄚ		**ju** ㄐㄧㄩ		**jo** ㄐㄧㄡ	
ぢゃ	ヂャ	づゅ	ヂュ	ぢょ	ヂョ
bya ㄅㄧㄚ		**byu** ㄅㄧㄩ		**byo** ㄅㄧㄡ	
びゃ	ビャ	びゅ	ビュ	びょ	ビョ
pya ㄆㄧㄚ		**pyu** ㄆㄧㄩ		**pyo** ㄆㄧㄡ	
ぴゃ	ピャ	ぴゅ	ピュ	ぴょ	ピョ

● | 平假名 | 片假名 |

前 言

　　日本語能力試驗（JLPT）著重的是「活用」，因此出題方向並非單純的文法考試，而是考驗學習者如何融會貫通的運用所學單字和句型。若不了解題目的文意，那麼是無法在 JLPT 中拿下高分的。因此，學習者在記文法背單字之外，更重要的是如何將所學應用在靈活的題型中。

　　為了增加學習者的實戰經驗，本書依循 JLPT 所制定之基準及相關概要，以和 JLPT 相似的考試形式，設計文法及單字的模擬試題，希望能幫助學習者在練習之中熟悉 JLPT 的出題傾向及作答方式。

　　除了模擬試題貼近正式考試形式外，本書也在文法模擬試題的解答中，附上文法復習和說明，希望能讓學習者在每次模擬考試中都能確實有所收穫。

　　期待本書能幫助您掌握出題方向，累積實力，輕鬆應試。

▶文字語彙模擬試題 159

▶文法模擬試題解答 255

▶文字語彙模擬試題解答 304

本書使用說明

本書分為文法模擬試題及文字語彙模擬試題兩大部分，分別對應日本語能力試驗 N3 的「言語知識（文法）」及「言語知識（文字・語彙）」。建議先參照「日本語能力試驗應試需知」之章節後再進行模擬試題作答。

N3 文法模擬試題每回包含 3 個部分。第 1 部分是文法填空型的題目；第 2 部分是句子重組；第 3 部分則是閱讀短文後依文脈填空。作答後，每回皆附解答及詳解，學習者在對完答案後，可以透過解答所附的句型重點解說，復習該回模擬試題的文法。

N3 文字語彙模擬試題每回包含 5 個部分。第 1 部分是漢字讀音；第 2 部分是漢字寫法；第 3 部分是語彙字義；第 4 部分是類義語；第 5 部分是語彙的用法。試題中的單字皆參考歷屆考古題及 N3 範圍，以期為學習者掌握單字出題傾向。

日本語能力試驗 應試需知

日本語能力試驗 N3 文法＋單語練習問題集

日本語能力試驗科目簡介

　　日本語能力試驗的考試內容主要分為「言語知識」、「讀解」、「聽解」3 大項目，其中「言語知識」一項包含了「文字」、「語彙」、「文法」。N1、N2 的測驗科目是「言語知識（文字、語彙、文法）、讀解」及「聽解」共 2 科目。N3、N4、N5 的測驗科目則是「言語知識（文字、語彙）」、「言語知識（文法）、讀解」、「聽解」合計 3 科目。

　　至於測驗成績，則是將原始得分等化後所得的分數。N3 的測驗成績分為「言語知識（文字、語彙、文法）」、「讀解」及「聽解」3 個部分，得分範圍分別是 0～60 分，合計總分範圍是 0～180 分。合格基準則是總分及各科目得分皆需達到合格門檻才能合格。

　　以下為 N3 的測驗科目和計分方式：

　　◆測驗科目：

　　「言語知識（文字、語彙）」－測驗時間 30 分鐘

　　「言語知識（文法）、讀解」－測驗時間 70 分鐘

　　「聽解」－測驗時間 40 分鐘

　　◆計分科目及得分範圍：

　　「言語知識（文字、語彙、文法）」－0～60 分

　　「讀解」－0～60 分

　　「聽解」－0～60 分

　　總分－0～180 分

「言語知識」題型分析

一、文字、語彙

文字、語彙包含 5 個部分，分別是漢字讀音、漢字寫法、語彙字義、類義語、語彙的用法，題型分析如下：

【題型 1．漢字讀音】主旨在測驗漢字語彙的讀音。N3 的漢字讀音在應試時需注意的是，濁音及促音等學習者較易混淆的題型出現的頻率較高。

１ プレゼントはきれいな紙で<u>包んで</u>あった。

1. つんで　　　2. つづんで
3. つっんで　　4. つうづんで

【題型 2．漢字寫法】由平假名推知漢字寫法。此題型對於以漢語為母語的學習者來說是較易得分的題型。

９ 機械が<u>せいじょう</u>かどうかチェックした。

1. 政情　2. 清浄　3. 正常　4. 性状

【題型 3．語彙字義】依題目的文脈選擇適當的語彙。此題型除了測驗對字義的了解外，是否能了解題目的文脈也是測驗重點。

15 新しい車を買うために、店で（　　）をもらってきた。

1. カタログ　　2. オーダー
3. レシート　　4. セール

【題型4. 類義語】根據題目中的語彙或説法，選擇可以替換的類義詞或説法。此類題型是測驗學習者對字彙認識的廣度。

26 今回の仕事はとてもきつい。

1. 大変だ　　　2. つまらない
3. やさしい　　4. おもしろい

【題型5. 語彙的用法】測驗語彙在句子裡的用法。主旨在測驗學習者是否能將所學的字彙應用於文句之中。

31 落ち着く

1. 電車が駅に落ち着いたら電話をください。
2. この商品は人気がなくて、棚にずっと落ち着いている。
3. 家のかぎが穴に落ち着いた。
4. 火事のときは落ち着いて行動しよう。

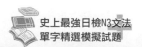

二、文法

文法包含 3 個部分，分別是文法填空、句子重組及閱讀短文後依文脈填空。題型分析如下：

【題型 1. 文法填空】依文句內容選出適合的文法形式。

1 父は暇（　）あれば釣りに行く。

1. さえ　2. わけ　3: こそ　4. や

【題型 2. 句子重組】測驗是否能正確重組出文意通順的句子。此類題型需先重組句子再選出對應的答案，通常會提供範例如下：

（問題例）

昼休み＿＿＿　＿＿＿　★　＿＿＿公園で遊びます。

1. 友達　2. と　3. は　4. に

（回答のしかた）

1. 正しい文はこうです。

昼休み＿＿＿　＿＿＿　★　＿＿＿公園で遊びます。
4 に　　3 は　　1 友達　　2 と

2. __★__ に入る番号を解答用紙にマークします。

（解答用紙）　（例）❶②③④

【題型３．短文填空】閱讀一段短文後，選擇適用的
文型。

会社の近所には一台の自動販売機があります。普通の
タバコの自動販売機に見えますが、**20**自動販売機は話
すことができます。

20　1．ある　2．一台の　3．この　4．ふつうの

史上最強日檢N3文法
單字精選模擬試題

各詞類活用及變化

日本語能力試驗 N3 文法＋單語練習問題集

動詞

[動－辞書形]：

Ⅰ類動詞：書く

Ⅱ類動詞：教える

Ⅲ類動詞：する、来る

[動－ます形]：

Ⅰ類動詞：書きます

Ⅱ類動詞：教えます

Ⅲ類動詞：します、来ます

[動－ます形語幹]：

Ⅰ類動詞：書き

Ⅱ類動詞：教え

Ⅲ類動詞：し、来

[動－ない形]：

Ⅰ類動詞：書かない

Ⅱ類動詞：教えない

Ⅲ類動詞：しない、来ない

史上最強日檢N3文法
單字精選模擬試題

[動－て形] :

I 類動詞 : 書いて

II 類動詞 : 教えて

III 類動詞 : して、来て

[動－た形] :

I 類動詞 : 書いた

II 類動詞 : 教えた

III 類動詞 : した、来た

[動－可能形] :

I 類動詞 : 書ける

II 類動詞 : 教えられる

III 類動詞 : できる、来られる

[動－ば形] :

I 類動詞 : 書けば

II 類動詞 : 教えれば

III 類動詞 : すれば、来れば

[動－命令形] :

I 類動詞 : 書け

|| 類動詞：教えろ

||| 類動詞：しろ、来い

[動－意向形] ：

| 類動詞：書こう

|| 類動詞：教えよう

||| 類動詞：しよう、来よう

[動－受身形] ：

| 類動詞：書かれる

|| 類動詞：教えられる

||| 類動詞：される、来られる

[動－使役形] ：

| 類動詞：書かせる

|| 類動詞：教えさせる

||| 類動詞：させる、来させる

[動－使役受身形] ：

| 類動詞：書かされます／書かせられます

|| 類動詞：教えさせられます

||| 類動詞：させられる、来させられる

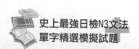

い形容詞

[い形－○]：楽し

[い形－く]：楽しく

[い形－い]：楽しい

[い形－ければ]：楽しければ

な形容詞

[な形－○]：静か

[な形－なら]：静かなら

[な形－な]：静かな

[な形－である]：静かである

名詞

[名]：先生

[名－なら]：先生なら

[名－の]：先生の

[名－である]：先生である

普通形

動詞	書く	書かない
	書いた	書かなかった
い形	楽しい	楽しくない
	楽しかった	楽しくなかった
な形	静かだ	静かではない
	静かだった	静かではなかった
名詞	先生だ	先生ではない
	先生だった	先生ではなかった

名詞修飾形

動詞	書く	書かない
	書いた	書かなかった
い形	楽しい	楽しくない
	楽しかった	楽しくなかった
な形	静かな	静かではない
	静かだった	静かではなかった
名詞	先生の	先生ではない
	先生だった	先生ではなかった

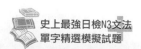

文法模擬試題

日本語能力試験 N3 文法＋単語練習問題集

そうしけん
せシュキかウい
コゃけゅオうめ
すらん

第1回

問題1 次の文の（　）に入れるのに最もよいものを、1・2・3・4から一つえらびなさい。

1 胃の調子が悪かったので昨日は夕食（　）で寝た。

1. きり　2. ない　3. とる　4. ぬき

2 その物語は事実に（　）いる。

1. もとにして　　2. もとづいて

3. ふまえて　　　4. 信じて

3 昔は名古屋の物価は低かったのに、今（　）大阪以上に高く感じる。

1. にも　2. だけ　3. でも　4. では

4 入学式は体育館に（　）、日曜日午前9時より行われます。

1. よって　2. つきて　3. ついて　4. おいて

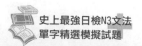

史上最強日検N3文法
單字精選模擬試題

5 「部長、加藤様が（　）です。」

「今、行きます。」

1．拝見　2．お見え　3．ご覧　4．おうかがい

6 あの子は西洋人（　）顔をしていて、とてもきれい

です。

1．みたいに　2．ような

3．みたいな　4．っぽいに

7 「撮影禁止」は「写真を（　）」という意味です。

1．撮ってもいい　2　撮らない

3．撮るな　　　　4．撮ろう

8 法律で、教室ではたばこを吸ってはいけない（　）。

1．ことになっている　2．ものになっている

3．ことをしている　　4．わけにはいかない

9 委員会は3日間（　）開かれる。

1．までに　　2．にわたって

3．において　4．にかけて

１０ 保険は加入が早ければ早い（　　）、そのメリット
は大きくなる。

1. さえ　2. だけ　3. より　4. ほど

１１ あの先生はいつも時間（　　）に教室に来る。

1. のよう　　2. どおり

3. だけど　4. というより

１２ この商品は素晴らしい。これ（　　）私がずっと探
していたものです。

1. こそ　2. しか　3. だけ　4. さえ

１３ それでは日曜日の３時に先生のお宅に（　　）。

1. おります　　2. いらっしゃいます

3. お目にかかります　4. うかがいます

問題2　次の文の　★　に入る最もよいものを、1・2
・3・4から一つえらびなさい。

14 「山田さん、「就職」という言葉はどういう意味
ですか。」

「うん、たしか『仕事を探す』＿＿＿ ＿＿＿

＿★＿ ＿＿＿んですけど。」

1．と思う 2．ような 3．意味だった 4．という

15 父は＿＿＿ ＿＿＿ ＿★＿ ＿＿＿買ってきて
くれる。

1．たびに 2．おみやげ 3．を 4．旅行する

16 彼はなんで＿＿＿ ＿＿＿ ＿★＿ ＿＿＿のだ
ろう。

1．を 2．ひどいこと 3．言った 4．あんな

17 このブランドのコートは年齢や性別＿★＿ ＿＿
＿＿＿ ＿＿＿着ている。

1．問わず 2．が 3．を 4．多くの人

18 頑張って＿＿＿ ＿★＿ ＿＿＿ ＿＿＿できな
かった。

1．本番で 2．上手く 3．練習した 4．のに

　私はたびたび山に登る。それは山がいつも私の前に 19 おり、私はただわけもなくそれに登りたくなるものだから。そしてそのたびに私は仕事を 20 ならない。 21 私は誰かのように、好きなときには休むというほどではない。日曜と休日をいかに組み合わすべきかは、私の企画における最も重要な点である。

　私はしばしば山に登る、仕事を休んでまで。しかしその理由はいたって簡単だ。誰しもがなんらかの理由で 22 だろう一年の五、六日を、私は 23 山登りに利用するというまでなのである。

　　　　　　　　加藤文太郎「単独行」を元に構成

19

　1. 立って　2. 立った　3. 立つ　4. 立ち

20

　1. 休まないで　　2. 休まなくても

　3. 休まなければ　4. 休んで

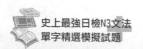

史上最強日檢N3文法
單字精選模擬試題

21

1. しかも　2. しかし　3. それで　4. それに

22

1. 休む　2. 働く　3. 山登り　4. 就職

23

1. だって　2. ただ　3. また　4. たまに

第 2 回

問題1 次の文の（　）に入れるのに最もよいものを、
1・2・3・4から一つえらびなさい。

1 父は暇（　）あれば釣りに行く。

　　1．さえ　2．わけ　3．こそ　4．や

2 先生と話す（　）、敬語を使った方がいい。

　　1．こと　2．際は　3．もの　4．ついでに

3 それをする（　）なら死んだほうがいい。

　　1．くらい　2．しか　3．だけ　4．には

4 この町には公園（　）公園はない。

　　1．くらい　2．らしい　3．だそう　4．みたい

5 その費用は国が負担することに（　）。

　　1．決まっている　　　　2．決めている

　　3．決めないといけない　4．決めないではおかない

6 彼女は知性（　）根気もある。

1．ながら　　　2．ところに

3．に加えて　　4．にわたった

7 ドアが（　）バタンとしまったので驚いてしまった。

1．早急に　2．ところに　3．現に　4．ふいに

8 家が揺れるのを（　）、彼は庭に飛び出した。

1．感じたとたんに　　2．感じたせいか

3．感じたきり　　　　4．感じた以上は

9 現状からいうと、手元にあるプロジェクトを（　）、その仕事の準備には入れません。

1．処理しつつも　　　　2．処理しながら

3．処理したところに　　4．処理してから

10 友達にアパートを（　）もらっています。

1．探し　2．探すを　3．探して　4．探しに

11 彼は妻に（　）深く悲しんでいた。

1. 死なれて　2. 死なせて

3. 死らせて　4. 死されて

12 そのメールを（　）いただけますか。

1. 拝見して　2. 拝見くれて

3. 拝見する　4. 拝見させて

13 先生はテニスが大変（　）と存じます。

1. お上手になさる　　2. お上手でいらっしゃる

3. お上手でおられる　4. お上手にいたす

問題2　次の文の＿＿★＿＿に入る最もよいものを、1・2・3・4から一つえらびなさい。

14 レストランに行った＿＿＿＿　＿＿＿＿　＿★＿
　　＿＿＿＿を間違えていました。

1. の　2. のに　3. 予約　4. 時間

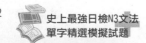

15 明日は広い_____ _____ ★ _____に行
くつもりです。

1. 公園　2. 花畑　3. ある　4. の

16 あちこちに_____ _____ ★ _____がな
い。

1. 犯人は　2. 隠れよう

3. 警察が　4. 配備されているので

17 あの店では_____ _____ ★ _____ とり
そろえています。

1. 文房具を　2. ペンを

3. ノートや　4. はじめとする

18 転校して ___ ★ ___ ___しなけ
ればなりません。

1. 学校が　　2. 早起き

3. ものだから　4. 遠くなった

問題3　次の文章を読んで**19**から**23**の中に入れる最

もよいものを、1・2・3・4から一つえらびなさい。

　これは、今から四十六年前、私が、東京高等商船学校の実習学生19、練習帆船琴ノ緒丸（ことのおまる）に乗り組んでいた20、私たちの教官であった、中川倉吉先生（なかがわくらきち）21きいた、先生の体験談で、私が、腹のそこから22、一生23話である。

　四十六年前といえば、明治三十六年、五月だった。私たちの琴ノ緒丸は、千葉県の館山湾（たてやまわん）に碇泊（ていはく）していた。

　この船は、大きさ八百トンのシップ型で、甲板から、空高くつき立った、三本の太い帆柱には、五本ずつの長い帆桁（ほげた）が、とりつけてあった。

　見あげる頭の上には、五本の帆桁が、一本に見えるほど、きちんとならんでいて、その先は、舷（げん）のそとに出ている。

　　須川邦彦「無人島に生きる十六人」」を元に構成

19

1. そして　2. にとって　3. として　4. 対して

20

1. とき　2. こと　3. もの　4. から

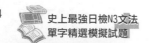

21

1．まで　2．を　3．へは　4．から

22

1．かんげきしない　　　　2．かんげきした

3．かんげきするわけがない　4．かんげきになった

23

1．わすれられない　2．わすれかけた

3．わすれる　　　4　わすれた

第 3 回

問題1 次の文の（ ）に入れるのに最もよいものを、
1・2・3・4から一つえらびなさい。

1 私の大事なカメラが（ ）。

1. 盗まされた　2. 盗まれた

3. 盗ませた　　4. 盗んだ

2 どうぞ、そのままお座り（ ）いてください。

1. におなり　　2. になって

3. になさって　4. られて

3 それについてもう少し（ ）下さい。

1. 考えさせて　2. 考えられて

3. 考えされて　4. 考え

4 これは彼が私のために（ ）くれた机です。

1. 作って　2. 作った　3. 作る　4. 作れば

史上最強日檢N3文法
單字精選模擬試題

5 悪いのは私だから、（　）しかない。

1. 謝った　2. 謝って　3. 謝る　4. 謝り

6 充電が完了した（　）なのに、すぐに電池が切れて
しまった。

1. はず　2. とき　3. もの　4. わけ

7 野菜が高いからといって食べ（　）。

1. ないわけにはいかない

2. ないわけがわからない

3. ないわけではない

4. ないにはない

8 今日の試合こそ、絶対に勝って（　）。

1. みせる　2. ある　3. なさい　4. いく

9 その事故（　）、ご説明いたします。

1. には　2. にとって　3. より　4. につき

10 昨日寝不足の（　）ちょっとめまいがします。

1．ことに　2．とおりで　3．せいか　4．ものか

１１ 彼女は日本に行く（　）かならず京都を訪れた。

1．くせに　2．たびに　3．ことで　4．から

１２ 昨日の映画は素晴らしかった。あの役者ほど犯人
役をうまく演じられる人は（　）。

1．いるでしょう　　　　2．いたでしょう
3．いるかもしれない　　4．いないでしょう

１３ いつも遅刻する彼女がこんなに早く（　）はずが
ない。

1．来て　2．来れば　3．来る　4．来ない

問題2 次の文の＿★＿に入る最もよいものを、1・2
・3・4から一つえらびなさい。

１４ これは8人＿＿＿＿＿＿＿＿＿＿★＿＿＿＿＿車で
す。

1．と　2．ゆったり　3．でも　4．乗れる

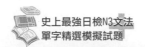

15 体に悪い_____ _____ ★ _____やめら
れない。

1. 知りながら　2. お酒　3. と　4. を

16 日本人にとって、_____ _____ ★ ___
__のことです。

1. と　2. 言えば　3. 桜　4. お花見

17 _★_ _____ ___ _____が降りだした。

1. 雨　2. とたん　3. に　4. 出かけた

18 どこから___ _ _____ _____ _★_大きい
ハンバーガーです。

1. いいのか　2. わからない

3. ほど　　　4. 食べれば

問題3　次の文章を読んで**19**から**23**の中に入れる最
もよいものを、1・2・3・4から一つえらびなさい。

「当世物は尽くし」で「安いもの」を列挙するとした
ら、その筆頭にあげられるべきものの一つは陸地測量部

の地図、中でも五万分一地形図などであろう。一枚の代価十三銭であるが、その一枚からわれわれが学べば学び得らる有用な知識は到底金銭に換算することのできないほど貴重なものである。（中略）

　この一枚の地形図を作る 実地作業におよそどれだけの手数を と聞いてみると、地形の種類 また作業者の能力 いろいろではあるがざっと三百日から四百日はかかる。それに要する作業費が二三千円であるが、地形図の基礎になる三角測量の経費をも入れて勘定すると、一枚分約一万円ぐらいを 、そのほかにまだ計算、整理、製図、製版などの作業費を費やすことはもちろんである。

　それだけの手数のかかったものが コーヒー一杯の代価で買えるのである。

寺田寅彦「地図をながめて」を元に構成

19

　1．だから　2．けっか　3．ための　4．目的

20

　1．かけるか　2．かかるか

史上最強日検N3文法
單字精選模擬試題

3. かかった   4. かけた

21

1. により   2. によって   3. をより   4. をよって

22

1. 使えば使うほど   2. 使うわけがない

3. 使わないでください   4. 使わなければならない

23

1. それに   2. わずかに   3. しかも   4. あえて

第4回

問題1 次の文の（　）に入れるのに最もよいものを、
1・2・3・4から一つえらびなさい。

1 私はスペイン語を勉強したことがないから、スペイン語が（　）はずはありません。

1．話す　2．話している　3．話せる　4．話した

2 なに（　）問題があれば、私に伝えて下さい。。

1．を　2．も　3．か　4．は

3 お金がある（　）なら、1年くらい仕事を休んで短期留学したい。

1．こと　2．とき　3．わけ　4．もの

4 先生の（　）希望の大学に行けることになりました。

1．せいで　2．おかげで　3．ことで　4．あげく

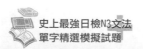

5　台湾支社の設立（　）、プロジェクトチームを作り

　　ます。

　1．につけて　　　2．にあたって

　3．にたいして　　4．にわたって

6　失敗を経験してるから（　）他人の気持ちがわかり

　　ます。

　1．こそ　2．して　3．といって　4．にも

7　今日は暑くて（　）。

　1．しらない　　　2．たまらない

　3．わけがない　　4．しらない

8　料理が嫌いな（　）でもない。忙しくてやる暇がな

　　いだけなのだ。

　1．もの　2．べき　3．はず　4．わけ

9　帰国前は送別会（　）お土産を買う（　）で忙しい。

　1．やら　2．また　3．ほか　4．なんか

10 　私はパリに出張する（　）。

　1．ときになっている　　2．ことになっている

　3．ことである　　　　　4．ものにしている

11 　会議室は2階に（　）。

　1．いらっしゃいます　　2．おります

　3．います　　　　　　　4．ございます

12 　東京へ（　）ときはぜひ連絡してください。

　1．まいった　　　　　2．おうかがい

　3．いらっしゃって　　4．いらっしゃった

13 　あの人はよくそんなまじめな顔をしてそんなうそ

　　が（　）ね。

　1．つく　2．つける　3．つかれる　4．つかせる

問題2 　次の文の＿★＿に入る最もよいものを、1・2

・3・4から一つえらびなさい。

14 　先週＿＿＿＿＿　＿＿＿＿＿　＿★＿　＿＿＿＿＿です。

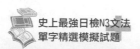

史上最強日檢N3文法
單字精選模擬試題

1. もともと　2. 女性とは

3. 知り合い　4. 入会した

---

15 林さんの＿＿＿＿　＿＿＿＿　★　＿＿＿＿それに
は不賛成だ。

1. は　2. 考えは　3. ともかくとして　4. わたし

---

16 途中＿＿＿＿　＿＿＿＿　★　＿＿＿＿相違ない。

1. に　2. 起こった　3. 何事か　4. で

---

17 店長に＿＿＿＿　＿＿＿＿　＿＿＿＿　★＿美味しく
なかった。

1. すすめられた　2. のに

3. 注文した　　4. とおりに

---

18 先生たちは＿＿＿＿　★　＿＿＿＿　＿＿＿＿去っ
ていきました。

1. を　2. ながら　3. 振り　4. 手

問題3　次の文章を読んで**19**から**23**の中に入れる最

もよいものを、1・2・3・4から一つえらびなさい。

木村ひろし　様

ガーデン販売株式会社（はんばいかぶしきかいしゃ）　営業部（えいぎょうぶ）　佐藤です。いつもお世話 **19** 。

先日、入院中（にゅういんちゅう）には、ご多忙中（たぼうちゅう）にもかかわらずお見舞（みま）い **20** 、ご厚情のほど御礼申し上げます。

おかげさまで、その後の経過（こうか）も順調で、リハビリの効果もありまして、今月 12 日に **21** しました。本日から仕事（しごと）に復帰（ふっき）しておりますので、他事（たじ）ながらご休心（きゅうしん）ください。

何はともあれ、今後は一層健康（いっそうけんこう）に配慮（はいりょ）いたし、皆様のご期待（きたい）に沿い得ます **22** 努力いたす所存（しょぞん）でございます。

今後とも相変わりませぬご支援（しえん）のほどまことにお願い **23** 。

まずは、退院のご挨拶かたがた御礼申し上げます。

　　　　　　　　　　　　　　　　　佐藤孝司より

19

1．おかけになります

2．になっております

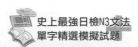

史上最強日檢N3文法
單字精選模擬試題

3. になっていらっしゃいます

4. になってまいります

20

1. 来る　2. 参り　3. おっしゃい　4. いただき

21

1. 入院　2. 退院　3. 退社　4. 入社

22

1. ように　2. ような　3. そうな　4. そうに

23

1. いらっしゃいます　2. する

3. いたします　　　　4　なさいます

第5回

問題1 次の文の（ ）に入れるのに最もよいものを、
1・2・3・4から一つえらびなさい。

1 40歳にもなって、そんな事で怒るなんて子ども
（ ）ね。
1. だから 2. よう 3. らしい 4. っぽい

2 彼女はすぐ来る（ ）言っていますよ。
1. って 2. のだ 3. が 4. を

3 ただいま満席なのでしばらく（ ）ください。
1. お待って 2. お待ち 3. 待った 4. 待たせて

4 私はこの映画を見た時、色々と（ ）させられた。
1. 考えれ 2. 考えら 3. 考えて 4. 考え

5 あのバッグ、買っておけば（ ）。もう売り切れて
しまったんだって。

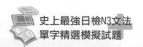

1. いいでしょう　2. よかった
3. いいだろう　　4. よければ

6　彼女は嬉しそうだ。何かいいことがあった（　）。

1. けど　2. のだろう　3. のようだ　4. ほど

7　誰も助けてくれないので私は自分でやる（　）。

1. しかできる　　　　　2. ことはなかった
3. よりほかなかった　4. ものにした

8　私はだんだん仕事ができる（　）。

1. ようになっています　2. ようになれた
3. ようにしっています　4. ようにした

9　すごい雨だ。まるで台風（　）だ。

1. らしい　2. よう　3. もの　4. みたい

10　インターネットの普及にしたがって、ホームページは企業（　）欠かせないものになりました。

1. にあって　2. によって

3. にとって　4. にともなって

11 田中さんの結婚式は、ディズニーランドに（　）
行われます。

1. おいて　2. わたって　3. いて　4. かけて

12 経済発展に（　）、いろいろな問題が起こってき
た。

1. 対して　2. ともなって　3. ついて　4. して

13 また早いから、急ぐ（　）。

1. わけわからない　2. はず

3. ことはない　　　4. ほどはない

問題2　次の文の__★__に入る最もよいものを、1・2
・3・4から一つえらびなさい。

14 コツ_____　_____　__★__　_____運転でき
る。

1. わかれば　2. うまく　3. 誰でも　4. さえ

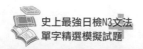

15 祖母が＿＿ ＿＿ ＿★＿ ＿＿行きたい
です。

1. あいだに　2. 海外旅行に

3. 連れて　4. 元気な

16 スマートフォンは＿＿ ＿＿ ＿★＿
＿＿ほどいい。

1. 簡単　2. 簡単な　3. なら　4. 操作が

17 育事＿★＿ ＿＿ ＿＿ ＿＿来た。

1. 電話　2. 最中に　3. が　4. の

18 4時間＿＿ ＿＿ ＿＿ ＿★＿なさい

1. 体温　2. 測り　3. おきに　4. を

問題3　次の文章を読んで19から23の中に入れる最
もよいものを、1・2・3・4から一つえらびなさい。

むかし昔、ある所に、お金もちの商人（しょうにん）がいて、3人の
むすこと3人のむすめと、合わせて6人のこどもをもっ
ていました。商人（しょうにん）には、お金19もこどものほうが、ず

文法模擬試題　51

っとずっとだいじなので、こどもたちがかしこく幸せに
そだつように、それ 20 ねがっていました。

　ところで、人間の身の上はいつどう変わるか 21 。大
金持だった商人が、ふとしたつまづきで、いっぺんに財
産をなくしてしまい、残ったものは、いなかのささやか
なすまいばかりということになりました。そこで商人
は、3人の男の子に言いふくめて、ひろい世間へ出て、
その日その日のパンをかせがせることにしましたが、女
の子たちのうち、ふたりの姉は、自分たちは町におおぜ
い、ちやほやしてくれる男のお友だちがあって、22 び
んぼうになっても、きっとその人たちは見捨てずにいて
くれると、いばっていました。23 、いざとなると、だ
れも知らん顔をして、よりつこうともしないどころか、
これまでお金のあるのを鼻にかけて、こうまんにふるま
っていたものが、そんなざまになって、いいきみだと
ってわらいました。それとはちがって、末のむすめのこ
とは、だれも気のどくがって、びた一文もたないのはし
ょうちで、ぜひおよめに来てもらいたいという紳士は、
あとからあとからとたえませんでしたが、むすめは、こ
うなると、よけいおとうさまのそばをはなれることはで
きないとおもって、どんな申込みもことわりました。

　　　　楠山正雄訳「美し姫と怪獣」を元に構成

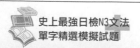

19

1. わけ　2. とともに　3. だけ　4. より

20

1. なのに　2. ばかり　3. 以外　4. とおり

21

1. わかりません　2. いけません
3. なりません　　4. しりません

22

1. すぐ　2. いくら　3. どれ　4. だれ

23

1. けれど　2. しかも　3. それで　4. だから

第6回

問題1 次の文の（　）に入れるのに最もよいものを、
1・2・3・4から一つえらびなさい。

1 課長にお願いした（　）、さっそく許可をいただい
た。

　1. もの　2. すえに　3. とき　4. ところ

2 私は忘れ（　）困っています。

　1. がち　2. らしい　3. っぽくて　4. そう

3 もう少しで車にはねられる（　）だった。

　1. ところ　2. こと　3. もの　4. とき

4 日本に来て（　）納豆を食べました。

　1. はじめ　　　　2. はじめて

　3. はじめると　　4. はじめた

5 新年に（　）、今年は日本語能力試験を受けること

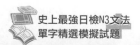

にしました。

1. よって　2. あたって　3. かけて　4. おいて

6　一生懸命走っている（　　）は嫌なことも忘れてしま

う。

1. と　2. こと　3. もの　4. 間

7　わたしはデザイン（　　）知識をもっと深めたい。。

1. による　　　2. とわたる

3. にかける　4. に関する

8　どんなことでも、やり続けている（　　）に楽しくな

る。

1. ころ　2. うち　3. すぐ　4. ため

9　わたしはアメリカを（　　）最中に彼女に会いまし

た。

1. 旅行しよう　　　2. 旅行した

3. 旅行している　4. 旅行する

10 もし今日が自分の人生最後の日だ（　）、何をし
たいですか。

1. としたら　2. とする　3. ことには　4. ものが

11 スマートフォンの普及と（　）、パソコンは衰退
した。

1. ことに　2. ついに　3. ともに　4. して

12 ご予約いただいた方へ予約特典をご用意して
（　）。

1. おります　　2. いらっしゃいます

3. いたします　4. なさいます

13 犬の散歩の（　）に買い物をした。

1. たび　2. ついで　3. とも　4. なり

問題2　次の文の＿★＿に入る最もよいものを、1・2
・3・4から一つえらびなさい。

14 先生は＿＿＿　＿＿＿　＿＿＿　＿★＿ある。

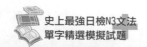
史上最強日検N3文法
單字精選模擬試題

1．ところも　2．はんめん　3．厳しい　4．優しい

15 彼は＿＿＿＿　★　＿＿＿＿　＿＿＿＿。

1．もちろん　2．英語は

3．できる　　4．ドイツ語も

16 もう少し雨が＿＿＿＿　＿＿＿＿　★　＿＿＿＿が

　　ある。

1．なると　2．ひどく　3．恐れ　4．災害の

17 試験は　★　＿＿＿＿　＿＿＿＿　＿＿＿＿。

1．難しくなかった　2．いた

3．ほど　　　　　　4．思って

18 最近忙しいから、＿＿＿＿　＿＿＿＿

　　＿★＿です。

1．以降　2．としても　3．来年　4．旅行する

問題3 次の文章を読んで**19**から**23**の中に入れる最
もよいものを、1・2・3・4から一つえらびなさい。

海野十三は、日本に **19** SFの始祖となった小説家です。本名は佐野昌一。徳島市の医家に生まれ、早稲田大学理工科で電気工学を専攻。電気試験所に勤務するかたわら、1928（昭和3）年、「新青年」に『電気風呂の怪死事件』と名付けた探偵小説を発表して小説家 **20** デビュー。以降、探偵小説、科学小説、加えて少年小説『 **21** 数多くの作品を残した。太平洋戦争中、軍事科学小説を量産し、海軍報道班員として従軍した海野は、敗戦に大きな衝撃を **22** 。敗戦翌年の1946（昭和21）年2月、盟友小栗虫太郎の死が追い打ちをかけ、海野は戦後を失意の内に **23** 。

　　　　「青空文庫　海野十三について」を元に構成

19

1. いえば　2. おける　3. わたる　4. おくる

20

1. たいして　2. よって　3. とって　　4. として

21

1. にも　2. だけ　3. しか　4. のみ

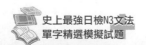

史上最強日檢N3文法
單字精選模擬試題

2 2

1. かける 2. みる 3. 受ける 4. 打つ

2 3

1. 行く 2. 過ごす 3. 来る 4. なる

第 7 回

次の文の（　）に入れるのに最もよいものを、
1・2・3・4から一つえらびなさい。

1 彼って長野に住んでいる（　）なのに、なんで大阪
駅にいる。

　1. はず　　2. たぶん　3. つもり　4. らしい

2 有名大学を卒業したからといって必ずしも出世する
とは（　）。

　1. わからない　2. かぎらない

　3. かなわない　4. ちがいない

3 医者は田中さんにタバコを（　）。

　1. やめました　　　2. やめされました

　3. やめられました　4. やめさせました

4 そんな簡単なことは子供で（　）知ってるよ。

　1. だけ　2. さえ　3. あって　4. しか

 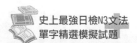

5 たとえどんな困難が（　　）、やり通さなければならない。

　1．あったら　2．あると　3．あっても　4．あれば

6 遊んで（　　）いないで、勉強しなさい。

　1．ばかり　2．だけ　3．しか　　4．たった

7 天気予報によると、台風は今晩から明日の朝（　　）上陸するとのことです。

　1．において　2．にかりて

　3　によんで　4．にそって

8 彼は旅行の疲れが出たようで、少し風邪（　）です。

　1．らしい　2．気味　3．っぽい　4．風

9 2人でよく話し合った結果、やはり離婚という（　　）。

　1．ものをいたしました　2．ことになりました

　3．ものになっています　4．ことをしてきた

10 田中さんは頭もいい（　）性格もいい。

1. で　2. に　3. の　4. し

11 私が音楽を聞いている（　）に、お客さんが来た。

1. ところ　2. もの　3. こと　4. たび

12 このプロジェクトは重要だから、経験のある人に

やって（　）。

1. あげたい　2. もらいたい

3. くれたい　4. みせたい

13 公式ブログを始めました。もし興味がありました

ら、是非（　）ください。

1. 見れて　2. 見せて　3. ご覧　4. 見えて

問題2　次の文の＿＿★＿＿に入る最もよいものを、1・2
・3・4から一つえらびなさい。

14 先週＿＿＿＿　＿＿＿＿　＿＿★＿＿　＿＿＿＿が壊れてし

まった。

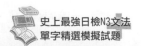
史上最強日檢N3文法
單字精選模擬試題

1．スマートフォン　2．ばかり

3．なのに　　　　　4．買った

15 テスト＿＿＿　＿＿＿　★　＿＿＿ない。

1．嫌な　2．もの　3．は　4．ほど

16 少し＿＿＿　＿＿＿　★　＿＿＿太ってしまった。

1．彼女は　2．食べなかった　3．のに　4．しか

17 過去に＿★　＿＿　＿＿　＿＿　です。

1．たい　2．なら　3．戻り　4．戻れる

18 ご家族の＿＿　＿＿　＿＿　★＿＿ください。

1．お伝え　2．にも　3．よろしく　4．皆様

問題3　次の文章を読んで**19**から**23**の中に入れる最もよいものを、1・2・3・4から一つえらびなさい。

瀬戸内海はその景色の美しいために旅行者の目を喜ばせ、詩人や画家のよい題目になるばかりではありません。 **19** 色々な方面の学者の眼から見ても面白い研究の種に **20** ような事柄がたくさんあります。いったい、あのような込み入った面白い地形が **21** 出来たかという事は地質学者の議論の種になっているのです。また瀬戸内海の沿岸ではいったいに雨が少なかったり、また夏になると夕方風がすっかりないでしまって大変にむしあつ:いわゆる夕凪が名物に **22** 。これらはこの地方が北と南に山と陸地を控えているために起ることで、気象学者の研究問題になります。しかし、ここには私はただ少しばかり瀬戸内海の中の水の運動のことについて **23** しましょう。

寺田寅彦「瀬戸内海の潮と潮流」を元に構成

19

　　1. また　2. しかし　3. それでは　4. けれとも

20

　　1. おる　2. 来る　3. なる　4. した

 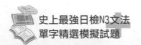

21

1. どこか　2. いつか　3. だれが　4. どうして

22

1. なっております　2. なろう

3. なります　　　4. なっていました

23

1. 話して　2. お話し　3. 話す　4. 話そう

第 8 回

問題1 次の文の（　）に入れるのに最もよいものを、
1・2・3・4から一つえらびなさい。

1 彼女の言うことはうそっぽくて信じ（　）。
　1. がちだ　2. やすい
　3. がたい　4. くい

2 私はこれからもお客様に満足いただけるよう努力し
　て（　）。
　1. まいります　2. いらっしゃいます
　3. きました　　4. おっしゃいます

3 目上の人に物を（　）はいけません。
　1. 持って　2. 持たせて　3. 持った　4. 持たれて

4 会議に入る前に私が本日の出席者の（　）。
　1. お紹介します　2. 紹介をなさいます
　3. ご紹介します　4. 紹介させてください

66
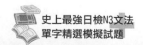
史上最強日檢N3文法
單字精選模擬試題

5 私はこれからも野球の練習を頑張って（　　）です。

　1．いき　　　　2．いかれたい

　3．いきたい　　4．いけたい

6 紙コップの（　　）、ペットボトルを使う。

　1．かわった　　2．かわって

　3．かわる　　　4．かわりに

7 先生は読み（　　）ほど本を持っている。

　1．きれない　2．きった　3．きって　4．きれて

8 コーヒーが冷めない（　　）に、お召し上がりください。

　1．くせ　2．うち　3．とこ　4．わけ

9 待っていても誰もやらないなら自分でやる（　　）。

　1．でもない　　2．ものない

　3．しかない　　4．きらない

10 手続きが簡単な（　）で作業があっという間に終わった。

1．せい　2．よう　3．おかげ　4．そう

11 ニュースによると、今年の夏はあまり暑くならない（　）です。

1．こういうもの　　2．といったもの

3．というもの　　4．ということ

12 課長は暇（　）あればゴルフに行きます。

1．さえ　2．だけ　3．たった　4．なら

13 海外業務を担当して（　）田中と申します。

1．いらっしゃいます　2．おります

3．いたします　　　4．まいります

問題2　次の文の＿★＿に入る最もよいものを、1・2・3・4から一つえらびなさい。

14 明日は午後の飛行機だから、私たちは＿＿＿＿＿

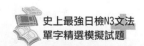
史上最強日検N3文法
單字精選模擬試題

_____ ★ _____はない。

1. 起きる　2. そんなに　3. 早く　4. 必要

16 彼にそのこと_____ _____ ★ _____む
だだ。

1. させよう　2. 信じ　3. としても　4. を

16 _____ _____ ★ _____ペットはむすこ
のような存在です。

1. の　2. にとって　3. 私　4. 愛犬家

17 仕事の ★ _____ _____ _____ビール
だ。

1. 冷たい　2. 楽しみ　3. は　4. あとの

18 朝から何も食べていないので、_____ _____
_____ ★ 。

1. が　2. お腹　3. しょうがない　4. すいて

問題3 次の文章を読んで19から23の中に入れる最

もよいものを、1・2・3・4から一つえらびなさい。

ID:123456　様

はじめまして。出品者の ID:654321 こと田中と **19**。
この度はご落札いただきありがとうございます。取引
終了 **20** よろしくお願い致します。
ご落札品は「限定ポスター」、落札額は 3,500 円とな
りますが、お間違いございませんでしょうか。よろしい
21、上記落札額に送料を加えた金額を下記口座にご
入金いただき、123456 様のご住所・ご氏名・電話番
号をご連絡下さい。

ご入金は **22** の口座にお願いいたします。
ゆうちょ銀行　渋谷支店
普通　1234567
タナカ　ケイジ

23、ご入金とご連絡をよろしくお願い致します。ご
入金が確認できしだい、品物を発送致します。不明な
点などございましたらお気軽にお尋ねください。

田中　慶次

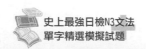

史上最強日検N3文法
單字精選模擬試題

19

1. 申します　2. おっしゃいます

3. 話します　4. 存じます

20

1. から　2. より　3. まで　4. いっしょ

21

1. ですと　2. でしたら　3. でも　4. としても

22

1. 以上　2. ため　3. 以下　4. それ

23

1. それとも　2. ついでに

3. それより　4. それでは

第9回

問題1 次の文の（　）に入れるのに最もよいものを、1・2・3・4から一つえらびなさい。

1 あの子はピアノの才能があるから、もう少し続けさせて（　）ほうがいいと思うよ。

　1. いただいた　2. した　3. あげた　4. もらった

2 お金がないので、家を（　）としても買えません。

　1. 買った　2. 買おう　3. 買われる　4. 買わせる

3 わたしは心理学に（　）非常に興味をもっている。

　1. とって　2. よって　3. 対して　4. わたって

4 お席をご用意いたしますので（　）お待ちください。

　1. どんどん　2. しょうしょう

　3. ずっと　　4. いつも

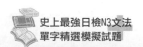

5 課長、その仕事は私に（　）ください。

1. やらせて　2. やられて　3. やりで　4. やって

6 約束したからには、どんなことがあっても（　）べきだ。

1. 守って　2. 守る　3. 守ろう　4. 守らせる

7 一度でいいから5万人の前で歌ってみたい（　）だ。

1. もの　2. ところ　3. こと　4. から

8 中部地方から関東地方に（　）、晴れになるでしょう。

1. いって　2. おいて　3. そって　4. かけて

9 渋滞の（　）で会社に遅れてしまった。

1. もの　2. せい　3. うえ　4. もと

10 彼の部屋は汚くてゴミ（　）だ。

1. もの　2. いっしょ　3. ただ　4. だらけ

11 テレビを買う（　）、こちらの新商品はどうですか。

1. だけ　2. たら　3. なら　4. れば

12 たいしたことではないから、心配する（　）。

1. ものになりません

2. ものはありません

3. ことはありません

4. ことがあります

13 財布、（　）よかったですね。

1. 見つかる　2. 見つかった

3. 見つけた　4. 見つかって

問題2　次の文の＿★＿に入る最もよいものを、1・2・3・4から一つえらびなさい。

14 もっと＿＿＿＿　＿＿＿＿　＿★＿　＿＿＿＿。

1. 遊んで　2. あげて　3. 子供に　4. ください

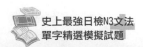

15 今年の冬＿＿＿＿ ＿＿＿＿ ★ ＿＿＿＿。

1. 去年　2. 寒くない　3. ほど　4. は

16 来年から東京本社に＿＿＿ ＿＿＿＿ ★

＿＿＿＿。

1. なった　2. こと　3. に　4. 行く

17 会議室を ★ ＿＿＿＿ ＿＿＿＿ ＿＿＿＿が。

1. の　2. したい　3. です　4. お借り

18 ＿＿＿＿ ＿＿＿＿ ＿＿＿＿ ★ ＿のスクリー

ンは通常の商品よりきれいです。

1. よう　2. に　3. ご覧　4. の

問題3　次の文章を読んで19から23の中に入れる最

もよいものを、1・2・3・4から一つえらびなさい。

12月23日　雨

　今日は最悪の一日だった。寝坊しちゃって慌てて駅に

ついたら宿題を家に忘れてしまった19に気がついた。

それで急いで取りに帰った。20で、遅刻してしまっ

た。先生に 21 。家に帰る途中、雨に 22 、新しいリュックがだめになってしまった。とても気に入っていた 23 。

19

1. もの　2. とき　3. ところ　4. こと

20

1. だから　2. そのせい　3. つい　4. そのとき

21

1. 言われた　2. 頼まれた
3. 誘われた　4. 叱られた

22

1. 降られて　2. 降らせて　3. 降って　4. 降り

23

1. ので　2. のは　3. のに　4. のだ

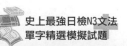

第 10 回

問題1 次の文の（　）に入れるのに最もよいものを、
1・2・3・4から一つえらびなさい。

1 注文数は（　）多いほど安くなります。
　1.　多いれば　　2.　多かったら
　3.　多いよう　　4.　多ければ

2 課長は（　）ばかりで自分ではなにもしない。
　1.　言った　2.　言う　3.　言おう　4.　言われた

3 証拠もないのに、あなたはなぜ彼のことをまるで犯
　人（　）のように話していたのか。
　1.　であるか　2.　だろう　3.　ほど　4.　らしい

4 遅刻（　）で慌てるな。
　1.　なら　2.　くらい　3.　だから　4.　の

5 この病気はちゃんと治らないと再発の（　）がある。

1. こわさ　2. びっくり　3. おそれ　4. おびえ

6　年をとっても、体（　　）丈夫なら心配はいらない。

1. だったら　2. さえ　3. だけ　4. しか

7　幸いに彼女は健康になり（　　）ある。

1. だけ　2. ながら　3. つつ　4. のに

8　2階で何か音（　　）しました。

1. を　2. が　3. に　4. の

9　彼女はお金もない（　　）、高級ブランド品ばかり買っている。

1. はんめんに　2. ことに　3. ように　4. くせに

10　警察は証拠に（　　）動いている。

1. 見て　　　　　2. わたって

3. もとづいて　4. ともなって

11　今からタクシーに乗った（　　）、間に合いそうも

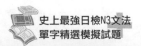

ない。

1. としても　2. して

3. にしては　4. のしては

１２ 飛行機の到着時間にバスがないので自家用車で行

く（　）。

1. だけない　2. しかない

3. さえない　4. はずない

１３ 年をとる（　）、体力が衰えてきた。

1. ながら　2. つつも　3. としたら　4. とともに

問題2　次の文の＿＿★＿＿に入る最もよいものを、1・2
・3・4から一つえらびなさい。

１４ 渋滞で家に帰る＿＿＿＿　＿＿＿＿　＿★＿　＿＿＿＿
かかりました。

1. 2倍の時間　2. いつもの　3. も　4. のに

１５ 学生の将来＿＿＿＿　＿＿＿＿　＿★＿　＿＿＿こと

を言ってしまった。

1. 厳しい　2. 思う　3. あまり　4. を

16 京都なんて_____ _____ ★ _____。

1. 行った　2. きりだ　3. 数年前　4. に

17 明日の会議 ★ _____ _____ _____。

1. 出席　　　　2. かまいませんか

3. しなくても　4. には

18 昨日のことは2人の_____ _____ _____

_____ ★ 。

1. に　2. おこう　3. して　4. 秘密

問題3 次の文章を読んで **19** から **23** の中に入れる最もよいものを、1・2・3・4から一つえらびなさい。

「ピザ　マルゲリータ」の名前はイタリア王妃の名に由来して、使われる食材はイタリアの国旗を表していると **19** 。ピザ職人は調理を **20** のも仕事であり、厨房はお客さんから見える **21** なっている。本格的なピザ窯は

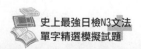
史上最強日検N3文法
單字精選模擬試題

非常に重い 22 、ピザ店は1階にある 23 が多い。

19

1. 言った　2. 言われる　3. 言えた　4. 言う

20

1. 見る　2. 見える　3. 見ない　4. 見せる

21

1. そうに　2. ふうに　0. ように　4. こうに

22

1. ので　2. こと　3. より　4. ほど

23

1. とき　2. こと　3. ところ　4. しか

第11回

問題1 次の文の（　）に入れるのに最もよいものを、
1・2・3・4から一つえらびなさい。

1 彼女はたまに日本へ出張することが（　）。

1．います　　　2．あります

3．いたします　4．なります

2 もし今日が自分の人生最後の日だ（　）、何がした
いですか。

1．にしては　2．ならでは

3．としたら　4．といっても

3 不景気だと言い（　）、今年の海外旅行をする人は
過去最高らしい。

1．でも　2．つつ　3．よう　4．のも

4 明日から忙しくなるから、今日の（　）に買い物を
済ませる。

82

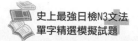

1.なか　2.あと　3.まえ　4.うち

⑤　地震のときは、だれでも慌てる（　）だ。

　　1.もの　2.こと　3.とき　4.ところ

⑥　じゃまな人がいなくて恋人と2人（　）で映画を見
　　た。

　　1.しか　2.なり　3.きり　4.ばかり

⑦　今日は娘の誕生日なので、早く家に帰らない（　）
　　にはいかない。

　　1.はず　2.もの　3.こと　4.わけ

⑧　趣味（　）フランス語を勉強している。

　　1.にそって　2.のって　3.たいして　4.として

⑨　私はその映画を数え（　）ないくらいの回数見まし
　　た。

　　1.きれ　2.でき　3.しか　4.かけ

10 勉強（　）成功する人はいない。

　1. しなく　2. せずに　3. ないで　4. ならない

11 先輩の書いた論文をぜひ私にも（　）下さい。

　1. ご覧させて　2. 拝見して

　3. 拝見させて　4. ご覧して

12 今年の入学試験は思っていた（　）難しくなかった。

　1. ほど　2. しか　3. つつ　4. なら

13 手術してから、彼女はやっと立って歩ける（　）になった。

　1. らしい　2. よう　3. より　4. ほど

問題2 次の文の＿＿★＿＿に入る最もよいものを、1・2・3・4から一つえらびなさい。

14 昨日実家に振り込め詐欺の＿＿＿＿＿　＿＿＿＿＿＿ ＿★＿　＿＿＿＿＿です。

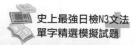
史上最強日檢N3文法
單字精選模擬試題

1. 電話　2. あった　3. そう　4. が

15　のどが痛い。＿＿　＿＿　＿＿＿　★　＿＿
だ。
1. 引いた　2. 風邪を　3. よう　4. どうやら

16　彼女はこども＿＿＿　＿＿　＿＿　★　＿＿＿行
った。
1. に　2. 連れて　3. 動物園　4. を

17　＿＿★＿　＿＿　＿＿＿　＿＿＿昔を思い出す。
1. たびに　2. を　3. 聴く　4. この曲

18　どうぞクッキー＿＿　＿＿＿　＿＿＿　★
1. ください　2. 自由に　3. 召し上がって　4. を

問題3　次の文章を読んで19から23の中に入れる最
もよいものを、1・2・3・4から一つえらびなさい。

木村博　様
本日は、遠方よりお運びいただいた19、不在しており

まして大変失礼をいたしました。木村様には、お会いして直接お話を20と思っていたのですが、こちらの不在（ふざい）でお目にかかれず、誠（まこと）に残念で21。

よろしければ、来週の月曜日の 11 日に御社にお伺いしたいと存じますが、ご都合は22。

お忙しい中恐縮（きょうしゅく）ですが、23をお知らせ願えれば幸（さいわ）いです。

田中慶次

19

1. にはいかず　　2. にもかかわらず

3. に現れず　　　4. にも知らず

20

1. うかがいたい　　2. 聞かれたい

3. 拝見したい　　　4. ご覧になりたい

21

1. しようもない　　2. なれません

3. たまれません　　4. なりません

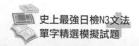
史上最強日検N3文法
單字精選模擬試題

2 2

1. どうしようか　　　2. どうしましょうか

3. いかがでしょうか　　4. どうなさいますか

2 3

1. ご予定　2. お時　3. 機会　4. ご用心

第12回

問題1 次の文の（　）に入れるのに最もよいものを、
1・2・3・4から一つえらびなさい。

1 部屋を片付ける（　）一日もかかった。
  1. のに　2. ので　3. か　4. のと

2 年の（　）か漢字をしばしば忘れるようになりました。
  た。
  1. 願い　2. 思い　3. こと　4. せい

3 彼の歌い（　）はプロのようだ。
  1. こと　2. ぶり　3. っぽい　4. らしい

4 残念（　）明日送別会に行けそうにありません。
  1. なのか　2. しかし　3. ながら　4. だけ

5 彼はマーケティングに（　）の講演をした。
  1. 対して　2. ついて　3. とって　4. よって

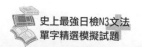

史上最強日檢N3文法
單字精選模擬試題

6 アメリカの生活に（　）か。

1. なれました　2. なりました

3. おきました　4. きました

7 卒業（　）以来彼に会っていない。

1. して　2. した　3. している　4. する

8 大会の最後には参加者の（　）笑顔に感動しまし
た。

1. 楽しさ　2. 楽しむ　3. 楽しげな　4. 楽しみ

9 商品の重さに（　）値段が違う。

1. とって　2. よって　3. ついて　4. よると

10 母は歯医者（　）。

1. をしている　2. をする

3. がしている　4. がする

11 雨が降っているのに子供が外に（　）。

1. 出たくない　　　2. 出てしょうがない

3. 出たがっている　4. 出たふりした

12 ただいまより、事件の調査結果を（　）します。

1. 聞いて　2. お教え　3. 教えて　4. お知らせ

13 あなたのつまらない話はもう（　）あきた。

1. 聞き　2. 聞く　3. 聞いて　4. 聞いた

問題2 次の文の＿＿★＿＿に入る最もよいものを、1・2・3・4から一つえらびなさい。

14 あの子は＿＿＿＿　＿＿＿＿　＿＿＿＿　＿★＿した。

1. がまん　2. のを　3. じっと　4. 泣き出したい

15 課長は私の言う＿＿＿＿　＿＿＿＿　＿★＿　＿＿＿＿しなかった。

1. を　2. 理解　3. なかなか　4. こと

16 彼は＿＿＿＿　＿＿＿＿　＿★＿　＿＿＿＿、嫌だとは

言えない人です。

1. たのまれる　2. 何か　3. と　4. 人に

17 彼女は ___★___ _____ _____ _____を歌っ
た。

1. こめて　2. 曲　3. 最後の　4. 心を

18 山田先生が_____ _____ _____ ___★___10
年前です。

1　教え　2. のは　3. 始めた　4. 英語を

問題3　次の文章を読んで**19**から**23**の中に入れる最
もよいものを、1・2・3・4から一つえらびなさい。

日本は伝説の驚くほど**19**国であります。以前はそれ
をよく覚えていて、話して聴かせようとする人がどの土
地にも、五人も十人も有りました。ただ近頃は他に色々
の新に考えなければならぬことが始まって、よろこんで
こういう話を聴く者が**20**なったために、次第に思い出
す折が無く、忘れたりまちがえたり**21**いくのでありま
す。私はそれを惜むの余り、まず読書の好きな若い人た

ちの**22**、この本を書いてみました。伝説<ruby>伝説<rt>でんせつ</rt></ruby>はこういうもの、こんな風にして昔から、伝わっていたものということを、この本を読んで**23**知ったと、言って来てくれた人も何人かあります。

柳田國男「日本の伝説」を元に構成

19

1. 多ければ　2. 多かったら　3. 多い　4. 多く

20

1. 少なく　　　2. 少ない

3. 少なければ　4. 少なかった

21

1. いて　2. されて　3. あって　4. して

22

1. ことで　2. ために　3. せいで　4. くせに

23

1. 始めた　2. 始める　3. 始めて　4. 始めよう

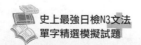

第13回

問題1　次の文の（　）に入れるのに最もよいものを、
1・2・3・4から一つえらびなさい。

1　なんで多くの人がアメリカに（　）いるんだ。

1. 行きたくなくて　2. 行きたがって

3. 行かないで　　　4. 行くもしない

2　うわさに（　）と彼は会社を辞めるとのことだ。

1. よる　2. する　3. ある　4. とる

3　この部屋は静かで仕事する（　）ちょうどいいで
す。

1. のと　2. のに　3. のが　4. のを

4　昨日は雨だった（　）、それに風も強かった。

1. で　2. は　3. し　4. に

5　こんな難しい問題はとても私には（　）。

1. わかりません　2. わかります

3. しらせます　　4. しらせません

6 今日は暖かくて春（ 　）天気だ。

1. とおり　2. らしい　3. そう　　4. ような

7 食べ（ 　）のお菓子を棚にしまった。

1. すぎ　2. はじめ　3. 終わる　4. かけ

8 その発音は台湾人に（ 　）は難しいです。

1. たいして　2. とって　3. ついて　4. よって

9 こんな簡単なことはできない（ 　）がない。

1. ところ　2. よう　3. そう　4. わけ

10 友達と（ 　）、京都へお花見に行きました。

1. ともに　2. より　3. したがって　4. つれて

11 食事（ 　）とした時、電話が来た。

1. する　2. して　3. しよう　4. しろ

史上最強日檢N3文法
單字精選模擬試題

12 彼女は肌の色が白く、またきれいな目を（　）いる。

1．して　2．なって　3．とって　4．あって

13 お金が無いの（　）、バイトすればいいじゃない。

1．たら　2．なら　3．らしい　4．から

問題2 次の文の__★__に入る最もよいものを、1・2・3・4から一つえらびなさい。

14 彼女は、先月から＿＿＿　＿＿＿　__★__　＿＿＿だ。

1．まだ？　休んだ　3．学校を　4．ずっと

15 ＿＿＿　＿＿＿　__★__　＿＿＿先輩にもすごく相談しやすい。

1．おかげ　2．近い　3．で　4．年が

16 この部屋＿＿＿　＿＿＿　__★__　＿＿＿。

1. 海の音　2. から　3. 聞こえる　4. が

17 病気の時は＿＿★＿ ＿＿＿ ＿＿＿ ＿＿＿なさい。

1. 休暇　2. とり　3. を　4. 遠慮なく

18 近所の人たち＿＿＿ ＿＿＿ ＿＿＿ ＿★＿し
ている。

1. おしゃべり　2. 通りで　3. を　4. が

問題3 次の文章を読んで**19**から**23**の中に入れる最
もよいものを、1・2・3・4から一つえらびなさい。

8月25日
　先週は部長に新しい企画を**19**と言われて、一生懸命
考えて提出した。今日、部長からその企画が会社に**20**
と言われ、とても**21**。仕事の後、同僚と居酒屋に行っ
て、お祝いをして**22**。企画を実現するのを**23**だ。

19

1. 考えよう　2. 考える

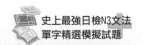
史上最強日檢N3文法
單字精選模擬試題

3. 考えた　　4. 考えされる

20

1. 採用した　　　2. 採用させた
3. 採用られた　　4. 採用された

21

1. 楽しかった　　2. 嬉しかった
3. 楽だった　　　4. 美しかった

22

1. あげた　2. みた　3. もらった　4. やった

23

1. 悲しみ　2. 盛ん　3. 気楽　4. 楽しみ

第 14 回

問題1 次の文の（ ）に入れるのに最もよいものを、
1・2・3・4から一つえらびなさい。

1 彼はいつも文句（ ）言っている。
　1．だらけ　2．ばかり　3．まみれ　4．なし

2 今日は月曜日だから、美術館は休みの（ ）だ。
　1．だけ　2．もの　3．はず　4．こと

3 両親には、いつまでも元気で（ ）ほしい。
　1．いる　2．いて　3．いた　4．いれば

4 あの店は最悪だ。二度と行く（ ）。
　1．ことだ　2．ものだ　3．ない　4．まい

5 （ ）まじめな彼女が犯人だったなんて、信じられ
　ない。
　1．まさか　2．しても　3．としたら　4．だったら

98

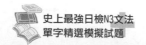

6 私ばかり悪い（　）に言わないでよ。

　1．だから　2．そう　3．みたい　4．らしい

7 哲学の本は読まない。難しすぎる（　）。

　1．ところ　2．はず　3．こと　4．もの

8 部長の前にわがままなことを言う（　）ではありません。

　1．ところ　2．もの　3．わけ　4．よう

9 風邪を引かない（　）気をつけてください。

　1．ように　2．そうに　3．ようで　4．そうで

10 旅行が嫌いなわけ（　）が、忙しくて行けないんだ。

　1．です　2．もない　3．ではない　4．にもある

11 営業部のトップということなら、田中さんを
　（　）ほかはないでしょう。

1. ついて　2. おいて　3. たいして　4. つれて

12　「田中さんは?」

　　「田中もう帰った（　）。」

1. んじゃない　　2. なんじゃない

3. そうじゃない　4. ようじゃない

13　病気を（　）にお酒をやめた。

1. わけ　2. はず　3. けいき　4. けっか

問題2　次の文の＿★＿に入る最もよいものを、1・2
・3・4から一つえらびなさい。

14　お酒を＿＿＿＿　＿＿＿＿　＿★＿　＿＿＿＿健康によ
くないよ。

1. 過ぎる　2. と　3. 健康に　4. 飲み

15　残念ながら、＿＿＿＿　＿＿＿＿　＿★＿　＿＿＿＿な
かった。

1. 努力は　2. が　3. 効果　4. 彼の

史上最強日檢N3文法
單字精選模擬試題

16 毎年1月＿＿＿ ＿＿＿ ★ ＿＿＿しまう。

1. 湖水が　2. なると　3. に　4. 凍って

17 年を＿★＿ ＿＿＿ ＿＿＿ ＿＿＿でしょう。

1. どうして　2. 腰が　3. 曲がるの　4. とると

18 辞める ＿＿＿ ＿＿＿ ＿＿＿ ★＿言ってください。

1. 1か月前　2. に　3. は　4. 場合

問題3 次の文章を読んで**19**から**23**の中に入れる最もよいものを、1・2・3・4から一つえらびなさい。

田中　様

京都で**19**した佐藤ひろみです。
先日はお世話に**20**。田中さんがメールされた写真を**21**。どうもありがとうございます。とてもきれいに撮れていますね。早速ブログにアップ**22**と思います。

こちらに来られる時はご 23 ください。また一緒に食事でもしましょう。では、とりいそぎお礼まで。

佐藤ひろみより

19

1. ご覧　2. お会い　3. お見え　4. お知り

20

1. あげました　　2. かけました

3. かかりました　4. なりました

21

1. いただきました　2. くださいました

3. おりました　　　4. いらっしゃいました

22

1. しろう　2. して　3. した　4. しよう

23

1. 連絡して　2. 連絡　3. 案内　4. 案内して

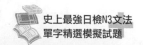

第 15 回

次の文の（ ）に入れるのに最もよいものを、
1・2・3・4から一つえらびなさい。

1 彼女は授業の（ ）ずっと居眠りをしていた。

　1. もの　2. 間　3. こと　4. わけ

2 （ ）全体なにか起こったのか。

　1. まったく　2. じゅうぶん

　3. いったん　4. いったい

3 ラッシュアワーの時は、車より歩くほうが（ ）速
い。

　1. 対して　2. かえって　3. とって　4. おもって

4 疲れを癒すには眠るに（ ）。

　1. 限る　2. 思う　3 語る　4. わかる

5 この時計は最近遅れ（ ）だ。

1. たがる　2. くい　3. がち　4. おわり

6　警察官である（　）には、人々の安全を守る義務が
　ある。
　1. から　2. まで　3. いく　4. とも

7　映画に行く（　）に、レンタル DVD を借りるほうが
　いいと思う。
　1. から　2. ため　3. かえり　4. かわり

8　彼は何を聞いても、笑っている（　）で、全然答え
　ない。
　1. もの　2. がち　3. きり　4. よう

9　泣きたい（　）運が悪かった。
　1. くらい　2. よう　3. そう　4. らしい

10　彼女は（　）に、一人で教室に座っていた。
　1. 寂しかった　2. 寂しげ　3. 寂しい　4. 寂しさ

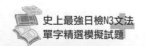

11 仕事（　）私の人生の目的だ。

　1．こそ　2．もの　3．こと　4．らしく

12 試合の前には、各チームがそれぞれ7分間練習す
　　ることと（　）。

　1．あっている　　2．なっている
　3．いている　　　4．かっている

13 「エアコンが壊れちゃったみたい。」
　　「（　）大変だ。」

　1．こんな　2．そんな　3．こりゃ　4．とか

問題2　次の文の＿＿★＿＿に入る最もよいものを、1・2
・3・4から一つえらびなさい。

14 夜になる＿＿＿＿　＿＿＿＿　＿★＿　＿＿＿＿がす
　　る。

　1．寂しい　2．なんだか　3．感じ　4．と

15 田中さんの＿＿＿＿　＿＿＿＿　＿＿＿＿　＿★＿感謝

します。

1．に　2．心　3．から　4．ご親切

16　お勘定＿＿＿＿　＿＿＿＿　＿＿＿＿　＿★＿なりま
す。

1．に　2．全部で　3．5,000円　4．は

17　彼は＿＿＿＿　＿＿＿＿　＿＿＿＿　＿★＿ない。

1．顔に　2．なかなか　3．出さ　4．感情を

18　その作文は生徒＿＿＿＿　＿＿＿＿　＿＿＿＿　＿★＿
与えた。

1．を　2．大きな　3．感動　4．に

問題3　次の文章を読んで19から23の中に入れる最
もよいものを、1・2・3・4から一つえらびなさい。

> めいじのはじめ、「学問のすすめ」で、いちはやく人
> 間の自由・平等・権利のとうとさをとき、新しい時代に
> むかう日本人に、みちしるべをあたえた人。
> それまでねっしんに学んだオランダ語ごを捨てて、世

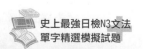

界に通用する英語を、独学で学んだ人。

　アメリカやヨーロッパに三度どもわたり、自分の目で
実際にたしかめた、外国の進んだ文化や思想を紹介し、
大きな影響を **19** 人。

　上野の戦争のとき、砲声（ほうせい）を聴き **20** 、へいぜんと講義
をつづけた人。

　福沢諭吉は、ながい封建制度にならされた人々を **21**
のは、学問しかないと、けわしい教育者の道を **22** 。い
ま、慶応義塾大学の図書館には、「ペンは剣けんよりも
強つよし。」のことばが、ラテン語で **23** います。

　諭吉の一生は、この理想でつらぬかれました。

　高山毅「福沢諭吉　ペンは剣よりも強し」を元に構成

19

　　1．あたった　2．あたって

　　3．あたえて　4．あたえた

20

　　1．けど　2．ながら　3．のに　4．でも

2 1

1. 目ざめる　2. 目ざめられる

3. 目ざめた　4. 目ざめさせる

2 2

1. 選びました　2. 教えました

3. 書きました　4. 帰りました

2 3

1. 書いて　　2. 書けて

3. 書かせて　4. 書かれて

史上最強日檢N3文法
單字精選模擬試題

第16回

問題1 次の文の（ ）に入れるのに最もよいものを、
1・2・3・4から一つえらびなさい。

1 彼は子犬をかわいそう（ ）連れて帰った。
   1. にされて　2. に言って
   3. に思って　4. にして

2 何を（ ）締切りには間に合わせなければならな
   い。
   1. おかれて　2. おく　3. おいたら　4. おいても

3 天気予報によると明日は雨（ ）。
   1. だよう　2. そう
   3. らしい　4. 気味

4 空（ ）飛んでみたいです。
   1. を　2. で　3. に　4. の

5 必ず連絡を（　）ようにする。

　　1. とろう　2. とる　3. とって　4. とった

6 チョコレートの（　）甘いものはあまり好きではありません。

　　1. そうな　2. ものな　3. ような　4. らしい

7 彼が言わなかったもの（　）知らなかった。

　　1. だから　2. の　3. というか　4. とのこと

8 若いころはよく山登りをした（　）だ。

　　1. こと　2. もの　3. ところ　4. とき

9 雨が降ったんだ（　）。行けるわけないでしょう。

　　1. こと　2. だろう　3. もの　4. のに

10 誰も彼の名前を知らない（　）だ。

　　1. だろう　2. みて　3. みたい　4. のに

11 彼女は（　）にたえなくて倒れた。

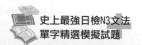
史上最強日檢N3文法
單字精選模擬試題

1．悲しい　2．悲しげ　3．悲しかった　4．悲しみ

12 冷房を（　）まま寝ると風邪を引くよ。

1．つけて　2．つけた　3．つけよう　4．つけろう

13 みんなで頑張るから、状況が悪くなることはある
（　）。

1．だろう　2．かな　3．まい　4．はず

問題2 次の文の ＿★＿ に入る最もよいものを　1・2
・3・4から一つえらびなさい。

14 彼女はスタート＿＿＿＿　＿＿＿＿　＿★＿　＿＿＿＿
を振った。

1．合図　2．に　3．の　4．手

15 会社に＿＿＿＿　＿＿＿＿　＿★＿　＿＿＿＿。

1．いなくて　2．が　3．寂しい　4．話し相手

16 友達がせっかく＿＿＿＿　＿＿＿＿　＿★＿　＿＿＿＿

の雨でした。

1．くれた　2．あいにく

3．のに　　4．来て

17 壁の穴＿＿＿★＿＿＿＿　＿＿＿＿　＿＿＿＿。

1．が　2．光　3．差し込んだ　4．から

18 彼女は病気の＿＿＿＿　＿＿＿＿　＿＿＿＿　★　あ
きらめた。

1．望みは　2．と　3．ない　4．回復の

問題3　次の文章を読んで**19**から**23**の中に入れる最
もよいものを、1・2・3・4から一つえらびなさい。

　「この川もきれいになったな」**19**母が言った。今年
の夏、家族で母の実家に出かけた時、1人散歩に出かけ
た母が戻ってくるなり言った言葉だった。「子供の頃
は、川なのかど沼のかわからない**20**汚くて、夏は蚊が
すごかったんだ。それにしてもきれいになったな」と、
「本当にきれいになったな」を**21**繰り返したのが印象
的だった。

 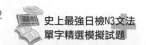

> 「10年前、川の浄化運動が始まったんだ。川がきれ
> いになったのは 22 だ。最初は役場の人が始めたんだ
> が、今では地元の人がボランティアで活動してる。」祖
> 父が教えて 23 。

19

　1. と　2. を　3. に　4. も

20

　1. だけ　2. だと　3. ほど　4. よう

21

　1. 何人も　　　2. 何もかも

　3. どうしても　4. 何度も

22

　1. それから　2. これから

　3. それより　4. これより

23

　1. きた　2. あげた　3. もらった　4. くれた

問題1　次の文の（　）に入れるのに最もよいものを、
1・2・3・4から一つえらびなさい。

1　2人が話し合う（　）に価値観の違いがどんどん明
　　らかになった。
　　1．よう　2．の　3．うち　4．そう

2　彼は病気で日頃から会社を（　）がちです。
　　1．休む　2．休み　3．休んで　4．休もう

3　高価なものがこんなに安い（　）必ず理由がある。
　　1．からには　2．からけど
　　3．だけれと　4．にしても

4　私が掃除する（　）、あなたはゴミを出してくださ
　　い。
　　1．のように　2．かわりに　3．そうに　4．わりに

5 2時から3時までの（　）に一度電話をください。

　　1．こと　2．場所　3．間　4．もの

6 彼女は、3年前日本へ行った（　）だ。

　　1．がち　2．きり　3．おわり　4．ばかり

7 飛び上がりたくなる（　）嬉しかった。

　　1．くらい　2．だろう　3．のようか　4．らしい

8 忙しすぎて、家族と一緒に食事すること（　）でき
ない。

　　1．より　2．にして　3．さえ　4．だけ

9 田中さんの両親は、留学したがっている田中さんを
留学（　）。

　　1．しました　　2．させました

　　3．されました　4．しましょう

10 体調が悪いので、今日は（　）いただけませんか。

1. 休んで　　　2. 休まれて

3. 休ませられて　4. 休ませて

1 1 それ以外、（　　）指摘したいことがある。

1. もう　2. 更に　3. とって　4. しかし

1 2 3時間待っても雨は（　　）、濡れて帰った。

1. やまず　2. やむ　3. やんだ　4. やみ

1 3 交通が便利でさえ（　　）どんなところでもいいん
です。

1. あって　2. ある　3. あれば　4. あろう

問題2 次の文の__★__に入る最もよいものを、1・2
・3・4から一つえらびなさい。

1 4 彼は手_____ _____ _____ __★__。

1. 合わせて　2. いのって　3. いた　4. を

1 5 いい天気_____ _____ __★__ _____。

史上最強日檢N3文法
單字精選模擬試題

1. 1か月間　2. も　3. 続いた　4. が

16 あなたがそんな＿＿＿ ＿＿＿ ＿★＿ ＿＿＿
いけないのだ。

1. を　2. 言う　3. から　4. こと

17 その手紙に＿＿＿ ＿＿＿ ＿＿＿ ＿★＿ みせ
た。

1. を　2. 異常な　3. 彼は　4. 誠意

18 あの2人 ＿＿＿ ＿＿＿ ＿＿＿ ＿★＿ だ。

1. 外国人　2. いずれ　3. は　4. も

問題3　次の文章を読んで 19 から 23 の中に入れる最
もよいものを、1・2・3・4から一つえらびなさい。

　お粥の良い 19 は、いろいろな食材を混ぜて、簡単に
作れる点である。あれこれ試行錯誤しながら、体にいい
という食材を混ぜて、オリジナルのお粥を作るのもけっ
こうおもしろい。

　特に野菜は、生で食べるのもおいしいが、どうしても

ドレッシングのカロリーが**20**。煮物にすると、塩分
摂取が過剰になり**21**である。お粥ならば野菜を煮る
22になるので、栄養が逃げることもない。主食である
米と野菜を同時にと、野菜をとるためにおかず作ること
23ので、便利な料理なのである。

19

1. もの　2. こと　3. とき　4. ところ

20

1. 気がある　2. 気になる
3. 気が合う　4. 気に入る

21

1. ながら　2. ともに　3. にくい　4. がち

22

1. こと　2. とき　3. ところ　4. てん

23

1. もある　2. もない　3. もいる　4. もとる

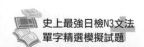
史上最強日檢N3文法
單字精選模擬試題

第18回

問題1 次の文の（ ）に入れるのに最もよいものを、
1・2・3・4から一つえらびなさい。

1 あの人は真面目（ ）て、つまらない。

　1．から　2．の　3．すぎ　4．よう

2 これは（ ）周知の事実となっている。

　1　まだ　2．すでに　3．ような　4．なるべく

3 受験勉強は努力した（ ）結果が伴う。

　1．だけ　2．なる　3．また　4．けれど

4 いくら勉強し（ ）点数が上がらない。

　1．だけ　2．ては　3．たって　4．ての

5 この魚は焼き（ ）だ。

　1．あて　2．たて　3．向け　4．あげ

6 （　）天気が悪くても行かねばならない。

　　1．たとえ　2．しかし　3．こういう　4．つまり

7 先週買った（　）なのに、エアコンが壊れてしまった。

　　1．くらい　2．ばかり　3．よう　4．いつも

8 車を買う（　）に朝から晩まで働いている。

　　1．ため　2．なら　3．より　4．しよう

9 小さい頃はよく皆で近くの公園へ遊びに行った（　）です。

　　1．とき　2．ところ　3．もの　4．こと

10 いい天気（　）、ここから東京スカイツリーが見えます。

　　1．たら　2．だったら　3．かったら　4．たったら

11 「どうしよう。」

　　「これは難しい仕事だから、部長に聞いて

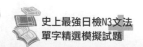
史上最強日検N3文法
單字精選模擬試題

（　　）。」

1. らしい　2. みたい　3. みるに　4. みたら

12 ダイエットしていながら、（　　）ケーキを食べて
しまった。

1. もっと　2. つつ　3. つい　4. やっと

13 またいつか（　　）のを楽しみにしております。

1. お目になる　　　2. お目にかかれる

3. お会いにくる　4. ご覧になれる

問題2　次の文の＿★＿に入る最もよいものを、1・2
・3・4から一つえらびなさい。

14 この公園は＿＿＿＿　＿＿＿＿　＿★＿　＿＿＿＿であ
る。

1. 思い出　2. の　3. 場所　4. 2人の

15 警察は＿＿＿＿　＿＿＿＿　＿＿＿＿　＿★＿開始し
た。

1. を　2. の　3. 調査　4. その件

16 あなたの＿＿＿＿＿　＿＿＿＿＿　＿★＿＿＿　＿＿＿＿＿だ。

1. よう　2. 間違って　3. いる　4. 解釈は

17 あの人は＿★＿＿＿　＿＿＿＿＿　＿＿＿＿＿　＿＿＿＿＿抱えて
いる。

1. の　2. を　3. 借金　4. たくさん

18 母はいつも玄関の＿＿＿＿＿　＿＿＿＿＿　＿＿＿＿＿
＿★＿＿＿。

1. 忘れる　2. を　3. 鍵　4. かけ

問題3 次の文章を読んで**19**から**23**の中に入れる最
もよいものを、1・2・3・4から一つえらびなさい。

今日は公園のゴミ拾いの日でした。朝から、近所の人
もみんなが集まっていました。そして、役員さんからゴ
ミ拾い用の袋が**19**。しかし、よく見たら、公園の中に
ゴミはほとんど落ちて**20**。こんな大きな袋いっぱいに
なるかなと心配に**21**。植え込みの下の方に、空き缶が

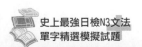

転んがっていました。その空き缶を拾う 22 、びっくりしました。外から見えないところに、空き缶やペットボトルが捨てられていました。私はそれらのゴミを拾いました。すぐにゴミ袋がいっぱいになりました。

普段何の考えもなく、私もゴミを捨てていました。でも、きれいになった公園を見ていると、「 23 場所にゴミを捨てるのはよくない」と思えてきました。

19

1. 配りました　　2. 配らせました

3. 配られました　4. 配れました

20

1. いませんでした　2. ありません

3. ありました　　　4. いました

21

1. ありました　2. とりました

3. されました　4. なりました

22

1. と　2. に　3. を　4. で

23

1. 捨ててもいい　　　2. 捨ててはいけない

3. 捨てずに行かない　4. 捨てたくてならない

史上最強日檢N3文法
單字精選模擬試題

第 19 回

問題1 次の文の（　）に入れるのに最もよいものを、
1・2・3・4から一つえらびなさい。

1 冬休みがあという間に（　）。

  1．おわりだった　　2．終わっじゃった

  3．終わっておいた　　4．終わっちゃった

2 そうだ。今日は田中さんの誕生日だ（　）。

  1．たら　2．ほど　3．っけ　4．だと

3 私は来週新しい車を（　）つもりです。

  1．買おう　2．買う　3．買え　4．買われる

4 今日は早く帰ってきて（　）んだけど。

  1．そう　2．らしい　3．よう　4．ほしい

5 病気に（　）はじめて健康のありがたさが分かる。

  1．なって　2．なる　3．なった　4．なろう

6 彼女はたくさん食べ（　）太りません。

1. のに　2. しかし　3. ても　4. けど

7 彼のメールでは、今年のお盆の休みに実家に帰る
（　）だ。

1. とのところ　2. そういうわけ

3. という　　　4. とのこと

8 この問題は難しくて（　）分からない。

1. いくら　　2. どうしても

3. しようも　4. どうか

9 3ヶ月もかかりましたけど、（　）就職できそうだ。

1. はやくも　2. さっそく

3. ずっと　　4. どうやら

10 あなたに大事な話があるのを思い出しました。う
っかり忘れる（　）でした。

1. あいだ　2. ところ　3. こと　4. とき

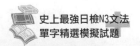

11 ちょうど電話をしようと（　）ところに、彼女が
来た。

1. 思っていた　　2. 思わせる

3. 思われていた　4. 思われた

12 プロが無理だ（　）、少年野球の監督でもいいん
です。

1. としても　2. としたら

3. とされて　4. というので

13 この問題は難しくて（　）できない。

1. ひとびと　2. ときどき

3. なかなか　4. いよいよ

問題2　次の文の＿★＿に入る最もよいものを、1・2
・3・4から一つえらびなさい。

14 空港に＿＿★＿＿　＿＿＿＿　＿＿＿＿　＿＿＿＿。

1. ください　2. 電話　3. して　4. 着いたら

15 あの子は＿＿＿　＿＿＿　★　＿＿＿でき
る。

1. 子供　　　　2. しっかりと

3. あいさつは　4. ながら

16 彼に＿＿＿　＿＿＿　★　＿＿＿聞いた。

1. うわさ　2. 悪い　3. を　4. 関する

17 体調が悪く★　＿＿＿　＿＿＿　＿＿＿こと
にします。

1. 止める　2. ので　3. 旅行は　4. なった

18 私は心理学に★　＿＿＿　＿＿＿　＿＿＿も
っている。

1. 対して　2. を　3. 非常に　4. 興味

問題3　次の文章を読んで19から23の中に入れる最
もよいものを、1・2・3・4から一つえらびなさい。

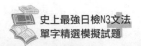

台中支店に配属になりました陳太郎 19 申します。どうぞよろしくお願いします。学生時代の4年間は、ボランティアでさまざまな地域貢献の活動をして 20 。この研修での自分の目標は、この会社の社員としての基礎教育をしっかり受け、業務上での知識を得て、研修終了の時には「なんらかの糧」を得ることと、 21 ひとつは、研修期間を通して同期のみんなときちんとした仲間組織を作ることです。この研修を計画して 22 先輩方のためにも、必ず成果を得て次につなげたいと思っています。どうぞ 23 お願いします。

19

1. に　2. で　3. と　4. は

20

1. きました　　2. いきました

3. なりました　4. くれました

21

1. と　2. も　3. もう　4. は

22

1. くださった　2. もらった

3. いただいた　4. さしあげた

23

1. よい　2. よく　3. いい　4. よろしく

第20回

問題1 次の文の（　）に入れるのに最もよいものを、
1・2・3・4から一つえらびなさい。

1 きっと彼はそれをしたに（　）ない。

　　1. つもり　　2. おもい　　3. ちがい　　4. わかり

2 こんな日が来る（　）、夢にも思わなかった。

　　1. なんと　　2. という　　3. なんて　　4. など

3 光熱費に（　）、ガソリンまでが値上がりした。

　　1. わたって　　2. くわえて

　　3. おいて　　　4. ふまえて

4 もう彼の話を聞きたくない。あれはただのいいわけ

　　に（　）。

　　1. すぎない　　　2. しょうがない

　　3. しかたない　　4. そうではない

5 買わなかったのは私だけではない（　　）。

1. そうだろう　　2. ようかな

3. ですか　　　　4. だろうか

6 やりたいことが山（　　）ある。

1. より　2. ほど　3. まで　4. だけ

7 靴を履いた（　　）部屋に入らないでください。

1. まえ　2. まま　3. よう　4. かけ

8 ここに（　　）あるように記入してください。

1. 書く　2. 書いた　3. 書かれる　4. 書いて

9 料理が嫌いなわけ（　　）。忙しくてやる暇がないだけなのだ。

1. なら　2. でもない　3. としたら　4. ある

10 それ（　　）の常識ならは私でも知っている。

1. ぐらい　2. らしい　3. いくら　4. ほど

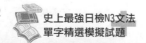

11 高校生活の最後の1年だから、今年（　）優勝する。

1. のに　2. しか　3. こそ　4. だけ

12 すみません。電話を使わせて（　）。

1. いらっしゃいますか　2. さしあげますか

3. いただけますか　　　　4. あがますか

13 私は母に嫌いな野菜を食べ（　）。

1. られた　2. させられた

3. た　　4. ていた

14 車を＿＿＿　＿★＿　＿＿＿　＿＿＿が安いです。

1. なら　2. 店　3. 買う　4. あそこの

15 私が悪い＿＿＿＿　＿＿＿＿　＿★＿　＿＿＿。

1. から　2. に　3. 謝らなくちゃ　4. 彼

16 これは＿＿＿　＿＿＿　★　＿＿＿です。

1. 向け　2. 科学番組　3. の　4. 子供

17 事故で＿★　＿＿＿　＿＿＿　＿＿＿。

1. けが　2. した　3. を　4. 腕に

18 たばこ＿＿＿　＿＿＿　＿＿＿　★　決心し
た。

1. よう　2. やめ　3. と　4. を

問題3　次の文章を読んで**19**から**23**の中に入れる最
もよいものを、1・2・3・4から一つえらびなさい。

日曜日で、客車の中には、新緑の箱根や伊豆へ出掛け
るらしい人びとが、**19**乗っている。
20クルミさんは、箱根や伊豆へ出掛けるのではな
い。ずっと手前の、国府津の叔母さんのところへ**21**だ
った。
国府津の叔母さんのところには、いとこの信子さんが

134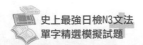
史上最強日検N3文法
單字精選模擬試題

22 。信子さんは、クルミさんより５つ年上の２１で、この月の末にお嫁入りするのである。クルミさんは、日曜日を利用して，娘時代の信子さんへの、お別れとお祝いを兼ねて、叔母さんのお家へ出けけるのだった。

　あみだなの上のふろしきの中には、お母さんからのお祝いの品が包んである。昨日、お母さんと二人で、新宿へ出て買った祝い 23 であった。

大阪圭吉「香水紳士」を元に構成

19

　1．こまかい　2．おおじい

　3．おおげさ　4．がらがら

20

　1．それも　2．それに　3．しかも　4．しかし

21

　1．行く　2．行った　3．行くの　4．行って

22

　　1. いる　　2. ある　　3. なる　　4. てる

23

　　1. こと　　2. ひと　　3. もの　　4. ところ

第 21 回

問題1 次の文の（　）に入れるのに最もよいものを、
1・2・3・4から一つえらびなさい。

1 大人の警告も（　）に川で泳ぎだした。

　　1. 聞かれて　2. 聞かず
　　3. 聞かない　4. 聞こえない

2 費用は（　）かかるか計算します。

　　1. くらい　　2. どのほど
　　3. どうして　4. どれだけ

3 病気の（　）学校を欠席した。

　　1. ため　2. 理由　3. を　4. と

4 私は行くこと（　）決定しました。

　　1. とは　2. で　3. に　4. へ

5 私のために（　）店にまでそれを買いに行く必要が

ない。

1．いつものよう　2．わざわざ

3．それぞれ　　　4．ときどき

6 明日が締切りだったから原稿を（　）わけにもいか

ない。

1．書いた　　2．書かない　3．書いたら　4．書く

7 彼女はできるだけ遅刻しない（　）にしている。

1．ふう　2．みたい　3．そう　4．よう

8 勉強は自分でする（　）です。

1．ころ　2．とき　3．もの　4．ところ

9 彼女は絵がうまくて、歌手というより（　）芸術家

だ。

1．むしろ　2．かわり　3．にしても　4．それに

10 山田さんはいつもデザートを食べない。甘いもの

が嫌い（　）だ。

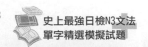

1．わけない　2．みたい　3．はずない　4．ところ

11 5年ぶりに会ったが、彼女は昔（　）ままだった。
1．は　2．を　3．が　4．の

12 早く夏休みが（　）ほしい。
1．始まる　　　2．始まって
3．始まられる　4．始まった

13 東京の電車の混雑（　）は異常だ。
1．ぶり　2．きり　3．のり　4．はり

問題2 次の文の＿★＿に入る最もよいものを、1・2・3・4から つえらびなさい。

14 実は彼は＿＿＿　＿＿＿　＿★＿　＿＿＿。
1．ん　2．来ない　3．だ　4．今日

15 この仕事＿＿＿　＿＿＿　＿★＿　＿＿＿完成した。

1. は　2. で　3. 支配　4. 彼の

16 ここでは＿＿＿＿　＿＿＿＿　★　＿＿＿＿しばし
ば起こる。

1. ような　2. その　3. が　4. こと

17 食事　★　＿＿＿＿　＿＿＿＿　＿＿＿＿。

1. しゃべった　2. しながら

3. を　　　　　　4. ゆっくり

18 彼の頭が＿＿＿＿　＿＿＿＿　＿＿＿＿　＿＿＿★見えな
い。

1. なって　2. 邪魔に　3. よく　4. 前が

問題3　次の文章を読んで**19**から**23**の中に入れる最
もよいものを、1・2・3・4から一つえらびなさい。

　お祭りで一番印象的なのは、金魚すくいです。初め
て**19**のは3年前に日本留学のときでした。そのときは
一匹**20**すくうことができず、友達に**21**記憶がありま
す。金魚をすくえる**22**になりたいと思いまして、イン

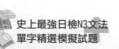

ターネットで、上手な金魚すくいの方法を調べました。 23 、今年の夏、初めて金魚をすくうことができました。 おわんの中に金魚が入った瞬間、本当に嬉しかった。

19

1. 挑戦する　2. 挑戦して

3. 挑戦した　4. 挑戦された

20

1. と　2. も　3. が　4. に

21

1. 笑われた　2 笑った

3. 笑わせた　4. 笑わせられた

22

1. らしい　2. そう　3. よう　4. なり

23

1. それにしても　2. だけど

3. しかし　　　4. そして

問題1 次の文の（ ）に入れるのに最もよいものを、
1・2・3・4から一つえらびなさい。

1 彼らの見解は完全（ ）一致している。

1. は　2. に　3. を　4. で

2 一生懸命（ ）間は嫌なことも忘れてしまう。

1. 走らせて　　　　2. 走った
3. 走っている　4. 走って

3 コーヒーがあつい（ ）に砂糖を入れて溶かします。

1. うち　2. そう　3. よう　4. 間

4 このパーティーの入場者は女性（ ）限ります。

1. で　2. を　3. に　4. は

5 このようなことはつい忘れ（ ）です。

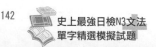

1. がち　2. なり　3. きり　4. たり

6　イギリスに留学した（　）、できるだけ多くの外国
　　人と友達になりたい。
　　1. としても　　2. からには
　　3. それとも　　4. なにして

7　このアパートは駅に近くて便利な（　）に家賃が高
　　い。
　　1. かわり　2. わり　3. とわり　4. の

8　結果（　）よければ方法は選ばない。
　　1. なり　2. しか　3. さえ　4. だと

9　会社の食堂は安い（　）うまい。
　　1. なら　2. と　3. が　4. し

10　彼はこのプロジェクトのため（　）に一生懸命働
　　いた。
　　1. 休める　2. 休まず　3. 休む　4. 休めない

11 食べ（　）てお腹を壊した。

1. ない　2. すぎ　3. ながら　4. かけ

12 彼が着いた時会議は（　）終わった。

1. ために　2. すでに　3. さえに　4. さらに

13 冷蔵庫の中の物は、何でもご自由に（　）ください。

1. 食べった　　　　2. 召し上がる

3. 召し上がって　　4. 食べる

問題2　次の文の＿★＿に入る最もよいものを、1・2・3・4から一つえらびなさい。

14 彼は＿＿＿＿　＿＿＿＿　＿★＿　＿＿＿＿準備している。

1. 出発　2. ように　3. いつでも　4. できる

15 ＿＿＿＿　＿＿＿＿　＿＿＿＿　＿★＿のか。

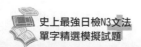

1. 一体　2. 来なかった
3. 昨日　4. なぜ

16 一度に二つのこと＿＿＿＿　＿＿＿＿　＿★＿

＿＿＿＿できない。

1. 集中する　2. は　3. に　4. こと

17 左の足に＿★＿　＿＿＿＿　＿＿＿＿　＿＿＿＿ある。

1. 痛み　2. ずきずき　3. が　4. する

18 このえはがき＿＿＿＿　＿＿＿＿　＿＿＿＿　＿★＿で

すが。

1. いただきたい　2. の　3. を　4. 1枚

問題3 次の文章を読んで**19**から**23**の中に入れる最

もよいものを、1・2・3・4から一つえらびなさい。

＿＿＿＿＿＿＿＿＿＿＿＿＿＿＿＿＿＿＿＿＿＿＿＿＿

ここに茶わんが1つあります。中には熱い湯がいっぱ
いはいっております。**19**それだけではなんのおもしろ
みもなく不思議**20**ないようですが、よく気をつけて見
ていると、だんだんにいろいろの微細なことが目につ

き、さまざまの疑問が起こって **21** はずです。ただ１杯のこの湯でも、自然（しぜん）の現象（げんしょう）を観察（かんさつ）し研究することの好きな人には、なかなかおもしろいみものです。

第一に、湯の面からは白い湯げが立っています。これは言う **22** もなく、熱い水蒸気（すいじょうき）が冷えて、小さな滴になったのが無数に群がっているので、ちょうど雲や霧（きり）と同じ **23** ものです。（中略）

茶わんの湯のお話は、すればまだいくらでもありますが、今度はこれくらいにしておきましょう。

寺田寅彦「茶わんの湯」を元に構成

19

1. ただ　2. たた　3. だた　4. だだ

20

1. に　2. を　3. と　4. も

21

1. いく　2. くる　3. おる　4. なる

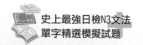

22

1. だけ　2. から　3. のに　4. まで

23

1. そうに　2. ように　3. ような　4. そうな

第23回

問題1 次の文の（　）に入れるのに最もよいものを、
1・2・3・4から一つえらびなさい。

1 本日は月曜日に（　）、水族館は休館です。
   1. より　2. とも　3. つき　4. つれ

2 彼氏の影響で、私も毎日運動する（　）。
   1. そうになった　2. ようになった
   3. つうになった　4. らしかった

3 参加者は多くても（　）50人ぐらいだろう。
   1. せいぜい　2. ぜんぜん
   3. どうどう　4. てんてん

4 考える（　）考えたが解決できなかった。
   1. そう　2. のみ　3. しか　4. だけ

5 時間はいつ（　）いいんだ。

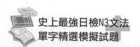

史上最強日檢N3文法
單字精選模擬試題

1. だって　2. たつ　3. から　4. のに

6 家族の（ ）に朝から晩まで働いている。

1. こと　2. もの　3. わけ　4. ため

7 雨が（ ）、私は行きません。

1. 降れたら　2. 降ったら
3. 降られた　4. 降るよう

8 危ないから、ここで（ ）よ。

1. 走ってはない　2. 走っちゃいけない
3. 走っじゃいなよ　4. 走っちゃう

9 つまらない授業なので、（ ）眠ってしまった。

1. つい　2. やっと　3. ようやく　4. あより

10 今回の試合には絶対負けない（ ）で頑張って練
習してきた。

1. わけ　2. こと　3. つもり　4. そう

11 いい（　）へ来ましたね。今ちょうど良いお酒が

手に入ったんです。一緒に飲みましょう。

1. とき　2. ところ　3. もの　4. ころ

12 あの先生は経験が長いだけ（　）、授業が分かり

やすいです。

1. よって　2. あって　3. ので　4. ない

13 私は誕生日にたくさんのプレゼントを（　）。

1. いらっしゃった　2. 参りました

3. いただきました　4. うかがいました

問題2　次の文の＿＿★＿＿に入る最もよいものを、1・2

・3・4から一つえらびなさい。

14 プロ野球選手になる＿＿＿＿　＿＿＿＿　＿＿★＿＿

＿＿＿＿努力をするつもりです。

1. だけ　2. ためには　3. の　4. できる

15 物価は＿＿＿＿　＿＿＿＿　＿＿★＿＿　＿＿＿＿示してい

史上最強日檢N3文法
單字精選模擬試題

る。

1. の　2. を　3. 傾向　4. 上昇

16 世の中に＿＿＿　＿＿＿　★　＿＿＿はいない。

1. 欠点　2. 人　3. ない　4. の

17 ＿★＿　＿＿＿　＿＿＿　＿＿＿ください。

1. 待ち　2. 腰を　3. かけて　4. お

18 4か所応募し＿＿＿　＿＿　＿＿　＿＿
★。

1. 全部　2. いた　3. 断られた　4. が

問題3 次の文章を読んで**19**から**23**の中に入れる最もよいものを、1・2・3・4から一つえらびなさい。

私は広告会社に勤めています。仕事をして来年で8年に**19**。ずっと同じ会社で仕事をしています。同じ大学の出身者が多いので、仕事が**20**です。上司は仕事の時はきびしんですが、本当は**21**人です。会社の人はい

い人ばかりです。同僚は年上ばかりで、いつも親切に指導して **22**。嫌いな同僚1人 **23** いません。

19

1. します　　2. なります

3. たちます　4. いきます

20

1. しにくい　2. しがち

3. しながら　4. しやすい

21

1. やさしい　2. こわい　3. おもい　4. きびしい

22

1. なります　　2. くれます

3. おります　　4. いたします

23

1. は　2. も　3. が　4. を

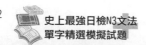

第 24 回

問題1 次の文の（　）に入れるのに最もよいものを、
1・2・3・4から一つえらびなさい。

1 この問題に（　）は、私は部長の意見に賛成です。

　　1. かけて　2. 関して　3. よって　4. もって

2 何に（　）やる気が出ない。

　　1. とっても　2. ついても

　　3. かけても　4. 対しても

3 天候不良に（　）飛行機は飛べなかった。

　　1. より　2. ともう　3. したがって　4. つれて

4 こんなうまい話は、うそ（　）と思う。

　　1. なにか　2. ようか　3. そうか　4. ではないか

5 彼はいつも文句（　）言っている。

　　1. ばかり　2. ともに　3. だらけ　4. まみれ

6 　彼はわがままな（　）、根性がある。

1．ながら　2．つつ　3．はんめん　4．ので

7 　静かで（　）すぐ寝られます。

1．あっても　2．なっても

3．ないで　　4．なくても

8 　明日は（　）私のオフィスに来てください。

1．なにでも　　　2．なんでも

3．どうかする　4．どうしても

9 　彼（　）は、辞める以外に方法がなかったのでしょ
う。

1．対して　2．として　3．よって　4．よると

10 　彼は何もかも知って（　）ながら教えてくれな
い。

1．いた　2．いよう　3．いる　4．い

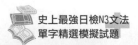

11 もうこんな時間、（　）と。

1. 急ぐ　2. 急ごう　3. 急がない　4. 急がないで

12 彼は会社を辞める（　）と言って、皆を困らせて
いる。

1. なんと　2. など　3. なんて　4. なら

13 私は環境問題に（　）意見を述べる。

1. ついても　2. よっても

3. かっても　4. 対しても

問題2　次の文の＿★＿に入る最もよいものを、1・2
・3・4から一つえらびなさい。

14 今日＿＿＿　＿　＿★＿　＿＿＿。

1. 暑く　2. は　3. たまらない　4. て

15 理由は＿＿　＿＿＿　＿★＿　＿＿＿。

1. それだけ　2. なかった　3. 単に　4. では

16 田中さんの家＿＿＿　＿＿＿　★　＿＿＿　な
い。

1. この辺　2. に　3. 違い　4. は

17 そのことは＿＿＿　★　＿＿＿　＿＿＿。

1. 思い出す　2. つらい　3. でも　4. だけ

18 母の姉の息子、　★　＿＿＿　＿＿＿　＿＿＿
近く上京してくる。

1. いとこ　2. つまり　3. が　4. 私の

問題3　次の文章を読んで**19**から**23**の中に入れる最
もよいものを、1・2・3・4から一つえらびなさい。

木村ひろし　様

ガーデン販売株式会社　営業部佐藤です。日ごろ
当社社員研修に関しまして、ご懇切なご指導を賜り、
厚く御礼申し上げます。本日は、研修会の講師のお願い
19、ご連絡**20**いただきました。
さて、過日はカスタマーサービスに関するご講演をお願
い申し上げましたところ、早速ご承引賜りありがたく

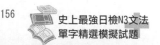

史上最強日検N3文法
單字精選模擬試題

お礼**21**。つきましては、先生に下記テーマによりご
講話を賜りたい**22**存じます。
ご多用中誠に恐縮ですが、ご都合のほどをお知らせ
23幸いです。何卒、よろしくお願い申し上げます。

記 --------------
日時：8月12日午後2時
対象者：ガーデン社員
テーマ：カスタマーサービス

営業部　佐藤さとし

19

1. したく　2. する　3. して　4. させて

20

1. して　2. されて　3. させて　4. いたして

21

1. あげます　2. 申し上げます

3. 言います　4. 差し上げます

22

1. を　2. に　3. で　4. と

23

1. もらって　　2. いただけると

3. あげると　　4. すると

史上最強日檢N3文法
單字精選模擬試題

文字語彙模擬試題

日本語能力試験 N3 文法＋単語練習問題集

そせシコキかウ
すシた
けりオ
めいウ

第1回

＿＿のことばの読み方として最もよいものを、
1・2・3・4・から一つ選びなさい。

1 その箱を紙で包んでください。

　1．つづんで　2．つずんで

　3．つつんで　4．つうずんで

2 彼女は理科が得意です。

　1．とくい　2．とおくい　3．とぐい　4．とぐうい

3 これは卒業の時の写真です。

　1．そずきょう　2．そつきょう

　3．そずぎょう　4．そつぎょう

4 彼女は家事全般を頑張っている。

　1．ぜんばん　2．ぜんぱん

　3．ぜいばん　4．ぜいぱん

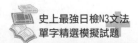

5 私は先生に承諾を<u>得</u>ている。

   1. とて　2. うって　3. えて　4. えって

6 私は新しい<u>職場</u>に慣れてきた。

   1. しょくば　2. しょうくば

   3. しょくぱ　4. しょうくぱ

7 彼らはスペースシャトルで<u>宇宙</u>を旅した。

   1. うちゅう　2. うじゅう

   3. おちゅう　4. おじゅう

8 彼の<u>日課</u>は、毎朝犬を散歩に連れて行くことだ。

   1. にか　2. にかく　3. にっかく　4. にっか

問題2 ＿＿のことばを漢字で書くとき、最もよいもの
を、1・2・3・4・から一つ選びなさい。

9 総理のお陰で国民は<u>せいじ</u>に関心を持つようになっ
   た。

   1. 盛時　2. 政治　3. 生時　4. 正字

10 彼女は座って<u>しゅうかんし</u>を読んでいた。

1. 週刊誌　2. 週間紙　3. 習慣誌　4. 終巻誌

11 1日1回郵便が<u>はいたつ</u>される。

1. 配経　2. 排達　3. 配達　4. 配立

12 彼女はその町の<u>はってん</u>に貢献した。

1. 発店　2. 発展　3. 発明　4. 展開

13 彼は悲惨なニュースを<u>れいせい</u>に受け止めた。

1. 冷静　2. 霊性　3. 冷製　4. 礼制

14 他人の<u>わるくち</u>を言わないで。

1. 辛口　2. 甘口　3. 壊口　4. 悪口

問題3 （　）に入れるのに最もよいものを1・2・3・4・から一つ選びなさい。

15 このひもは荷物を（　）締めておくのに役立つ。

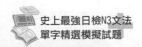
史上最強日檢N3文法
單字精選模擬試題

1. かたく　2. きつく　3. ゆるく　4. かるく

16 彼女はきれいですてきなのだけど（　）とはいえない。

1. センス　2. 上品　3. 気品　4. 上等

17 そんな（　）なシャツを着ると目立ちすぎる。

1. 派手　2. 上手　3. 地味　4. 素材

18 みんなで力を（　）困難を乗り越えた。

1. 重ねて　2. 合わせて　3. 加えて　4. 増やして

19 仕事のために明日から大阪に1週間（　）します。

1. 出席　2. 出品　3. 出発　4. 出張

20 彼は普段は真面目だが酔うと（　）を言う。

1. 文句　2. 感想　3. 冗談　4. 希望

21 昨日は（　）展覧会に行ったのにその作品は見れ

なかった。

1. せっかく　　2. もうすぐ

3. さっそく　　4. なるべく

22 運転手はバスの（　）を上げた。

1. コース　　2. カーブ

3. スピード　4. ブレーキ

23 彼女は今朝３０歳（　）の男に連れ去られた。

1. 上下　2. 前後　3. 大小　4. 多少

24 今日は台風の（　）で風が強かった。

1. 影響　2. 効果　3. 制限　4. 結果

25 結婚のために（　）働かなければいけない。

1. はっきり　　2. うっかり

3. ぐっすり　　4. しっかり

問題4 ＿＿＿のことばに意味が最も近いものを、１・２
・３・４・から一つ選びなさい。

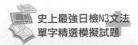
史上最強日檢N3文法
單字精選模擬試題

26 彼女は自分の欠点に気がつかない。

1. すきなところ　　2. いいところ

3. きらいなところ　4. わるいところ

27 彼女はその翌年に結婚した。

1. 前の年　2. 次の年　3. この年　4. 次の次の年

28 仕事のスケジュールを変えなければならない。

1. 準備　2. 予定　3. 場所　4. 資料

29 この商品を市場に出すことは楽な仕事じゃない。

1. 大事な　2. こまかい　3. 簡単な　4. 新しい

30 さっきいた女性は誰ですか。

1. ずっと前に　　2. 少し前に

3. 何回か　　　　4. 何回も

問題5　つぎのことばの使い方として最もよいものを、
1・2・3・4・から一つ選びなさい。

31 断る

1. 両親は私たちの結婚に断った。

2. 彼女はすべての誘いを断った。

3. 冗談は断ってください。

4. ここまで頑張ってきたから、失敗しても断るな。

32 ゆるい

1. この道路はとてもゆるいのでバスも楽に通れる。

2. 私はその日だけゆるいです。

3. その映画館はがらがらにゆるい。

4. ダイエットしてスカートがゆるくなった。

33 性格

1. 今日は遠くに行きたい性格だ。

2. 彼女はとても通学できるような性格ではない。

3. 彼女は性格が明るい。

4. 大学に行くことにはたくさんの性格がある。

34 受け入れる

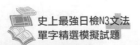

1. 彼は私の過去を受け入れてくれた。

2. 洗濯物を中へ受け入れて下さい。

3. 私はまだ報告書を受け入れていない。

4. 私たちは返品交換を受け入れていない。

35 そろそろ

1. そろそろやる気が出ない。

2. 私たちはそろそろ会えました。

3. 彼はそろそろその意味を理解した。

4. そろそろ失礼しなければ。

第2回

問題1 ＿＿のことばの読み方として最もよいものを、
1・2・3・4・から一つ選びなさい。

1 彼は偶然その場所を発見した。

　　1. はつげん　　2. へつけん

　　3. はっけん　　4. はっげん

2 あなたが失敗したのは努力が足りなかったからだ。

　　1. とりょく　　　2. どくりょく

　　3. とくりょく　　4. どりょく

3 教師は教えるのが役目だ。

　　1. やくめ　　2. やっめ　　3. やくもく　　4. やっもく

4 缶は溶かして再利用できる。

　　1. さいりよう　　2. さりよう

　　3. さいりよ　　　4. さりよ

5 部長の<u>指示</u>に従ってください。

　　1．じじ　　2．しじ　　3．しち　　4．じし

6 会社はその開発<u>方針</u>の変更を検討している。

　　1．ほしん　　2．ほうじん　　3．ほじん　　4．ほうしん

7 彼女には明るい<u>未来</u>が待っている。

　　1．びらい　　2．みら　　3．みらい　　4．びら

8 その会社は資金に<u>余裕</u>がある。

　　1．よゆ　　2．よゆう　　3．ようゆ　　4．ようゆう

問題2 ＿＿＿のことばを漢字で書くとき、最もよいもの
を、1・2・3・4・から一つ選びなさい。

9 このスープをレンジで<u>あたためて</u>ください。

　　1．改めて　　2．温めて　　3．貯めて　　4．諦めて

10 彼はその判断に<u>じしん</u>を持っている。

　　1．自新　　2．地震　　3．自身　　4．自信

11 豆腐の<u>げんりょう</u>は大豆です。

　1．原料　2．材料　3．素材　4．質量

12 私たちは何度もお互いの悩みを<u>そうだん</u>した。

　1．相応　2．相談　3．対応　4．評論

13 この幸せな時間が<u>えいえん</u>に続いて欲しい。

　1．瞬間　2．永久　3．永延　4．永遠

14 彼は、庭の絵を<u>えがいた</u>。

　1．描いた　2．書いた　3．絵いた　4．画いた

問題3　（　）に入れるのに最もよいものを1・2・3
・4・から一つ選びなさい。

15 小さい頃はそこの海でたくさん（　）ました。

　1．動き　2．感じ　3．泳ぎ　4．急ぎ

16 （　）と家で食べるのとどちらが好きですか。

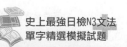

1. 外食　2. 食器　3. 試食　4. 食欲

17 両チームは4対4で（　）となった。
1. 比率　2. 一点差　3. 引き分け　4. 別

18 オリンピックを見るために目覚まし時計を7時に
（　）した。
1. ストップ　2. キャンセル
3. セット　　4. スタート

19 彼の辞任の（　）は固い。
1. 期待　2. 意志　3. 努力　4. 根性

20 あの2人はけんかして（　）。
1. 別れた　　2. 待ち合わせた
3. 関わった　4. 付き合った

21 もし問題が（　）、学校に連絡してください。
1. 立ったら　2. 始まったら
3. 開いたら　4. 起きたら

22 私はあなたの夢が叶うのを（　）している。

1. 応援　2. 参加　3. 競争　4. 指導

23 先生に論文の提出期限を（　）もらった。

1. 移して　　　2. 延ばして

3. 取り替えて　4. やり直して

24 彼は手を（　）タクシーを止めた。

1. 握って　2. 叩いて　3. 触って　4. 振って

25 今日はたくさんのシーツや枕（　）を洗濯しました。

1. ケース　2. マスク　3. カバー　4. ラップ

問題4 ＿＿＿のことばに意味が最も近いものを、1・2・3・4・から一つ選びなさい。

26 彼らにはお互いに共通点がまったくない。

1. 悪いところ　2. いいところ

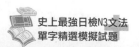

史上最強日検N3文法
單字精選模擬試題

3. 同じ所　4. 違うところ

2 7　彼女は部屋をきちんと<u>整理</u>した。

1. 運んだ　2. 片付けた　3. 数えた　4. 探した

2 8　今度こっちに来るときは<u>絶対</u>知らせてください
ね。

1. すぐに　2. 多分　3. あとから　4. 必ず

2 9　今日のことはお母さんには<u>内緒にしておく</u>ね。

1. いろいろな人に話して　　2. 早く忘れて

3. 忘れないで　　　　　　　4. 話さないで

3 0　私は今持っている車をとても<u>気に入っている</u>。

1. 好きだ　　　　　　2. 人気がある

3. よく覚えている　4. 楽しい

問題5　つぎのことばの使い方として最もよいものを、
1・2・3・4・から一つ選びなさい。

31 緊張

1. 名を呼ばれた時胸が緊張した。

2. 本番のときはいつも緊張で手がぷるぷると震えてしまう。

3. 時間が緊張してくるとパニックになってしまう。

4. 私にはそんな緊張な文は理解できない。

32 暗記

1. 機能のことはもう暗記していない。

2. 「私のこと暗記していますか。」「もちろん。」

3. 私はその事件をいつまでも記憶に暗記する。

4. 英語の熟語を上手に暗記する方法を教えて下さい。

33 通り過ぎる

1. 子供達は立ち止まって車が通り過ぎるのを待った。

2. 長い一日がようやく通り過ぎた。

3. 彼の実力は私の期待を通りすぎている。

4. 車は一気にスピードを上げてトラックを通り過ぎた。

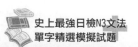

史上最強日檢N3文法
單字精選模擬試題

34 訪問する

1. 会社からのメールが訪問した。

2. 日曜日は海に訪問した。

3. 昨日、私は田中さんの家を訪問した。

4. ようやく春が訪問してきた。

35 訳する

1. ひらがなを漢字に訳したいのですが、どうすれば
   いいですか。

2. 荷物を全部訳して送ってください。

3. 私はこの歌詞を英語に訳したい。

4. 「失う」というのは、訳すれば「自由の獲得」で
   ある。

第3回

＿＿のことばの読み方として最もよいものを、
1・2・3・4・から一つ選びなさい。

1 角を曲がると高層ビルが姿を現した。

1．けんした　　2．あらわした

3．ひょうした　4．げんした

2 船が岩にぶつかって壊れた。

1．いし　2．いえ　3．いう　4．いわ

3 寒いから何か温かい飲み物が欲しい。

1．あたたかい　2．あただかい

3．あだたかい　4．あだだかい

4 仕事のことを考えないで、しばらく休息を取ってく
ださい。

1．きゅうけい　2．きゅうそく

3．きゅけい　　4．きゅそく

176

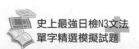

5 ご理解いただければ幸いです。

1. しあわせい　2. さいわい

3. しあせい　　4. さわい

6 自分の考えを正直に言った。

1. しょうじき　2. しょじき

3. しょうちき　4. しょちき

7 理由を聞かずに人を責めるのはよくない。

1. さくめる　2. せっめる

3. せいめる　4. せめる

8 私は3年前から登山を始めた。

1. とさん　2. とざん　3. どさん　4. どざん

問題2 ＿＿＿のことばを漢字で書くとき、最もよいもの
を、1・2・3・4・から一つ選びなさい。

9 その機械はせいじょうに動作している。

1. 性状　2. 清浄　3. 正常　4. 政情

10　冬場になると輸血用<u>けつえき</u>が不足する。

　　1. 欠液　2. 血夜　3. 結液　4. 血液

11　私は<u>しんちょう</u>が低かった。

　　1. 身長　2. 身高　3. 慎重　4. 身重

12　犬はうさぎを<u>おって</u>いる。

　　1. 折って　2. 追って　3. 負って　4. 落って

13　電車を<u>おりる</u>ときに、かさを忘れてしまった。

　　1. 移りる　2. 移る　3. 降りる　4. 降る

14　その<u>ものがたり</u>は彼女を悲しくさせた。

　　1. 故事　2. 物塊　3. 物語　4. 者語

問題3 （　）に入れるのに最もよいものを1・2・3
・4・から一つ選びなさい。

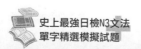

史上最強日検N3文法
單字精選模擬試題

15 今週の会議は彼らの都合で（ ）された。

1. キャンセル　2. キャンプ

3. ギャンブル　4. キャンプング

16 通信販売の（ ）を見て買い物する。

1. クーポン　2. スケッチ

3. メニュー　4. カタログ

17 その仕事に全力を（ ）。

1. 注いだ　2. 勝った　3. 欠いた　4. 打った

18 その文章は生徒に大きな感動を（ ）。

1. もらった　2. 与えた　3. した　4. 感じた

19 この商品は出たばかりの（ ）商品です。

1. 最速　2. 最初　3. 最大　4. 最新

20 大家さんに今月の（ ）を払った。

1. 家賃　2. 給料　3. 勘定　4. 明細

21 その映画を見てなんだか寂しい（　）がする。

1. 空気　2. 感じ　3. 感動　4. 考え

22 ロープで荷物をグルグルと（　）。

1. 届いた　2. 絞った　3. 閉めた　4. 縛った

23 試験中はテキストを（　）なさい。

1. しまい　2. 出せ　3. とり　4. 読み

24 大事な話を（　）忘れるところでした。

1. うっとり　　　　2. うんざり

3. うっかり　　　　4. ゆっくり

25 彼はついに（　）な医者になった。

1. えらい　2. りっぱ　3. はっぱ　4. りっち

問題4 ＿＿のことばに意味が最も近いものを、1・2・3・4・から一つ選びなさい。

26 今日はたくさん歩いて<u>くたびれた</u>。

1. 楽しかった　　2. 興奮した

3. 疲れた　　　　4. 運動した

27 彼は真面目でルールを<u>守る</u>人だ。

1. 忘れる　2. 遵守する　3. 考える　4. 楽しむ

28 あの店の<u>雰囲気</u>がとても良かった。

1. 元気　2. 状況　3. 経営　4. 気分

29 みなは彼の行動を<u>不思議</u>に思う。

1. つまらなく　　2. 面白く

3. 嫌　　　　　　4. 考えられない

30 あの政治家は<u>再び</u>歩き出した。

1. 二度と　2. 絶対　3. 一度も　4. 何回も

問題5 つぎのことばの使い方として最もよいものを、

1・2・3・4・から一つ選びなさい。

31 不自由

1. 何の<u>不自由</u>なく育てられた。

2. 最近の天気は<u>不自由</u>だ。

3. 噂をされるのは非常に<u>不自由</u>だ。

4. 昨日、<u>不自由</u>な夢を見た。

32 できれば

1. <u>できれば</u>気が変わったら、知らせて下さい。

2. <u>できれば</u>質問があれば、私に質問しなさい。

3. 彼は何でも<u>できれば</u>頑張ってきた。

4. <u>できれば</u>その人に会いたくない。

33 ざっと

1. <u>ざっと</u>いいアイデアが浮かんだ

2. 羽毛が<u>ざっと</u>空中に舞う。

3. 彼は<u>ざっと</u>台本に目を通した。

4. 今日は<u>ざっと</u>晴れ渡った天気だった。

34 指す

1. 彼は自分の家の方を<u>指した</u>。

2. 場所を<u>指して</u>話しましょう。

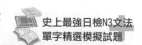

3. 彼はいつも先に指して家族を守る。

4. 東京から名古屋に指して出発した。

35 支える

1. 彼はお金を支えて店を出た。

2. 彼は大家族を支えている。

3. 男性は誰かにナイフで支えて倒れた。

4. 風が支えるように冷たい。

第 4 回

問題 1 ＿＿のことばの読み方として最もよいものを、
1・2・3・4・から一つ選びなさい。

1 二人は<u>相互</u>に協力し合っている。

　1. そうごう　2. そうご　3. そうこ　4. そうこう

2 その料理は<u>辛くて</u>食べられない。

　1. からくて　2. つらくて

　3. がらくて　4. づらくて

3 両親は猫を飼うことに<u>反対</u>した。

　1. はんたい　2. はんだい　3. はたい　4. はだい

4 彼らは私に心をこめて<u>迎えて</u>くれた。

　1. むがえて　2. ぶかえて

　3. むかえて　4. ぶがえ

5 店は渋谷へ<u>移転</u>した。

 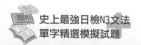

1．いでん　2．いてん　3．いてい　4．いでい

6 この街に次々と事件が起きた。

1．じげん　2．しけん　3．じけん　4．しげん

7 彼女は他人に対してとても思いやりがある。

1．たにん　2．たじん　3．だにん　4．だじん

8 どこに駐車できますか。

1．じゅうしゃ　2．ちゅしゃ

3．じゅしゃ　4．ちゅうしゃ

問題2 ＿＿のことばを漢字で書くとき、最もよいもの
を、1・2・3・4・から一つ選びなさい。

9 彼は客がリクエストした曲をえんそうした。

1．演劇　2．演奏　3．演唱　4．演説

10 私たちはかいてきに生活している。

1．回敵　2．快敵　3．回適　4．快適

11 この商品は新しいきのうを加えて便利になった。

1. 機能　2. 昨日　3. 性能　4. 効能

12 私は彼と議論して同じけつろんに達した。

1. 評論　2. 結論　3. 結末　4. 口論

13 この計画はまだじっこうされていない。

1. 実績　2. 実効　3. 実行　4. 実際

14 この方法で人々は地震にそなえることができる。

1. 聳える　2. 訴える　3. 備える　4. 揃える

問題3 （ ）に入れるのに最もよいものを1・2・3・4・から一つ選びなさい。

15 火事で（ ）が部屋に満ちた。

1. 空気　2. 木　3. 炭　4. 煙

16 その習慣が（ ）まで続いてる。

1. 現実　2. 現代　3. 現象　4. 現金

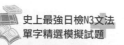
史上最強日檢N3文法
單字精選模擬試題

17 昨日はホテルで（　）晩ご飯を食べた。

　1．豪華な　　2．美しい　　3．自然な　　4．華やかな

18 私の両親はまだ40代で（　）ではない。

　1．年下　　2．年齢　　3．年月　　4．年寄り

19 その（　）は悲しい物語です。

　1．ドラマ　　2．ドラム　　3．レシピ　　4．レンジ

20 彼は自分の利益のために、（　）を裏切った。

　1．中間　　2．仕事　　3．仲間　　4．性格

21 窓から景色を（　）。

　1．流れる　　2．聞く　　3．眺める　　4．試す

22 初めて運転した時、緊張で手が（　）。

　1．上げた　　2．震えた　　3．抜いた　　4．洗った

23 怪我で収入が（　）。

1．減った　2．頼んだ　3．分かった　4．好んだ

24　これは（　　）に似せて造った文書だ。

1．本気　2．本物　3．本質　4．本棚

25　私たちは旅行先で（　　）になっちゃった。

1．末っ子　2．親子　3．息子　4．迷子

問題4　＿＿のことばに意味が最も近いものを、1・2・3・4・から一つ選びなさい。

26　それは<u>まさに</u>私が欲しいものです。

1．さらに　　　2．ちょうど
3．まっすぐに　4．まあまあ

27　理科に対する興味が<u>ますます</u>強くなった。

1．まず　2．すぐ　3．次第に　4．ずっと

28　その件に関して<u>全く</u>存じません。

1．また　2．全然　3．全貌　4．前提

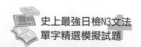

29 彼から英語を学んだ。

1. 教わった　2. 教えた　3. 頼んだ　4. 話した

30 彼は豊かな家に生まれた。

1. きれいな　2. 高い　3. 遠い　4. 裕福な

問題5 つぎのことばの使い方として最もよいものを、
1・2・3・4・から一つ選びなさい。

31 任せる

1. 私がこのプログラムに任せるのは初めてだ。

2. 部長はその業務を彼に任せた。

3. 地震のときは、だれでも任せるものだ。

4. 私は外国で教育を任せた。

32 まさか

1. それはまさか昨日のことのようだ。

2. まさか彼女が犯人だったなんて、信じられない。

3. この仕事はまさか私がしたいことだ。

4．ご結婚まさかおめでとうございます。

33 未だに

1．彼女はこれで未だに有名になった。

2．私は未だにそれについて考えるのは止めた。

3．財布、未だに見つかってよかったですね。

4．その問題は未だに議論されている。

34 要するに

1．その会議は要するに時間の無駄だった。

2．病気を要するに酒をやめた。

3．何を要するに締切りには間に合わせなければならない。

4．田中もう要するに帰ったんじゃない。

35 わざと

1．壁の穴からわざと明かりが差した。

2．勉強はわざと飽きた。

3．彼はわざとなにも知らないふりをした。

4．あいにく母はわざと出掛けています。

 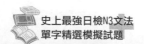

第5回

問題1 ＿＿のことばの読み方として最もよいものを、
1・2・3・4・から一つ選びなさい。

1 この辺りは景色が良い。

　　1. けいしき　　2. けっしき

　　3. けしき　　　4. けいしきい

2 彼の演説に感動した。

　　1. えんぜつ　　2. えいぜん

　　3. えんせつ　　4. えいせつ

3 彼は日本語を勉強する目的で日本に来た。

　　1. もつてき　　2. もってき

　　3. めてき　　　4. もくてき

4 今までしてきた主な仕事は何ですか。

　　1. しゅような　　2. おもな　　3. しゅな　　4. ぬしな

5 どこの<u>空港</u>から出発しましたか。

1. くうこう　2. こうこう　3. くうこ　4. こうこ

6 彼女は芸術や<u>芸能</u>に関する才能がある。

1. げのう　2. けのう　3. げいのう　4. けいのう

7 先生は<u>笑顔</u>でそれを許した。

1. えかお　2. えがお　3. えいかお　4. えいがお

8 彼はオリンピック<u>代表</u>に選ばれた。

1. たいひょう　2. だいひょう

3. たいひょ　　4. だいひょ

問題2 ＿＿＿のことばを漢字で書くとき、最もよいもの
を、1・2・3・4・から一つ選びなさい。

9 私は<u>げか</u>手術を受けた。

1. 外科　2. 外貨　3. 外観　4. 外食

１０ 私は平日は夕方<u>いこう</u>空いています。

 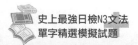

1. 移行　2. 以後　3. 囲碁　4. 以降

11 彼女は彼に戻るように手で<u>あいず</u>した。
1. 会津　2. 会図　3. 合津　4. 合図

12 その結果は皆を<u>しつぼう</u>させた。
1. 希望　2. 願望　3. 失望　4. 失礼

13 田中さんは営業を<u>たんとう</u>している。
1. 担任　2. 担当　3. 加担　4. 担保

14 私の趣味は<u>どくしょ</u>です。
1. 書籍　2. 著書　3. 読書　4. 落書

問題3 （　）に入れるのに最もよいものを１・２・３
・４・から一つ選びなさい。

15 別れ際に外国人の男性から（　）を求められた。
1. 選手　2. 歌手　3. 握手　4. 勝手

16 猫を2匹（　）いる。

1. 飼って　2. 座って　3. 寝て　4. 遅れて

17 巨額の借金を（　）いる。

1. 取って　2. 思って　3. 貸して　4. 抱えて

18 星が（　）いる。

1. 覚えて　2. 輝いて　3. 磨いて　4. 止んで

19 私たちは誰かが（　）のを聞いた。

1. 叫ぶ　2. 頼む　3. 書く　4. 飛ぶ

20 私たちは危険を（　）ようとした。

1. 迎え　2. 忘れ　3. 作れ　4. 避け

21 後輩は仕事のことで彼女と（　）。

1. 話し合った　2. 取り上げた

3. 完了した　4. 褒めた

22 彼は大阪から10キロ（　）所に住んでいる。

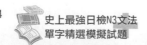
史上最強日檢N3文法
單字精選模擬試題

1. 走った　2. 作った　3. 離れた　4. 残った

23 学生は全員（　）避難した。

1. 無事に　2. 自由に　3. 大事に　4. 特に

24 内容を見てきたけど（　）変わった所はなかった。

1. あえて　2. 別に　3. 急に　4. まるで

25 果物を全て冷蔵庫で（　）している。

1. 掃除　2. 食事　3. 保存　4. 集中

問題4　＿＿のことばに意味が最も近いものを、1・2・3・4・から一つ選びなさい。

26 一度に二つの事に集中することはできない。

1. 一遍に　2. いつも　3. 一旦　4. 一向に

27 家族を起こさないようにそっと歩いた。

1. 早く　2. 静かに　3. まっすぐ　4. 逆に

2 8 一体なぜ昨日来なかったのか。

1. どうして　2. はたして

3. あえて　　4. たいして

2 9 彼女は母にそっくりだ。

1. 怒っている　2. 文句を言った

3. やさしい　　4. 非常に似ている

3 0 私の出身地は京都です。

1. ふるさと　2. 住所　3. 最寄り駅　4. 目的地

問題5 つぎのことばの使い方として最もよいものを、
1・2・3・4・から一つ選びなさい。

3 1 滞在する

1. 疲れたから今夜は外で滞在しましょう。

2. 今朝高速に乗ったら、滞在していた。

3. アメリカに2週間滞在した後、ブラジルに向かっ
た。

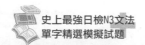

史上最強日檢N3文法
單字精選模擬試題

4. 田中さんが私たちに美術館の中を滞在してくれ
た。

32 単に

1. あの人は単にアメリカ人のように英語を話す。

2. 例の事件は複雑で理由は単にそれだけではなかっ
た。

3. 最近は忙しくて単に彼に会わない。

4. 彼は今年単に人気のある歌手だ。

33 近頃

1. 時間は近頃だっていいんだ。

2. 会議は近頃終わった。

3. この町の人口は近頃 3000 人です。

4. 近頃景気はどうですか。

34 納得する

1. こんな難しい問題はとても私には納得できない。

2. 例をあげて説明しても彼らはそれを納得していな
い。

3. 体調が悪くなったので旅行は<u>納得する</u>ことにします。

4. 新しい仕事に<u>納得</u>しましたか。

35 怠ける

1. 仕事を<u>怠けて</u>はいけない。

2. 人の姿が霧の中に<u>怠けた</u>。

3. <u>怠けた</u>天候がひと月続いた。

4. 彼は手を合わせて<u>怠けて</u>いた。

史上最強日檢N3文法
單字精選模擬試題

第6回

問題1 ＿＿のことばの読み方として最もよいものを、
1・2・3・4・から一つ選びなさい。

1 私は<u>防災</u>に何が必要か考えた。

　　1. ぽうさい　2. ぼうさい　3. ぽさい　4. ぼさい

2 私はアメリカの<u>首都</u>に住んでます。

　　1. しょと　2. しょうと　3. しゅと　4. しゅうと

3 人口は<u>減る</u>ものと予想されている。

　　1. けんる　2. げんる　3. へる　　4. てる

4 空港で円をドルに<u>両替</u>した。

　　1. りょうがえ　2. りょがえ

　　3. りょうかえ　4. りょかえ

5 事件の本当の<u>原因</u>は何ですか。

　　1. けんいん　2. げんいん

3. けいいん   4. げいいん

6 彼は会社で重要な地位を<u>占め</u>ている。

1. じめて   2. ちめて   3. すめて   4. しめて

7 学生たちは道を<u>横断</u>している。

1. おたん   2. おだん   3. おうたん   4. おうだん

8 この小説は三つの<u>部分</u>に分かれている。

1. ぶぶん   2. ぶふん   3. ふぶん   4. ふふん

問題2 　　のことばを漢字で書くとき、最もよいもの
を、1・2・3・4・から一つ選びなさい。

9 彼女は誰に対しても<u>れいぎ</u>正しい。

1. 礼金   2. 礼義   3. 礼儀   4. 礼犠

10 彼は<u>どくしん</u>で暮らしている。

1. 独身   2. 単身   3. 半身   4. 一身

11 今のところ新商品はじゅんちょうに売れている。

1. 順帯　2. 順利　3. 順調　4. 順守

12 会議の時間は午後4時とけっていした。

1. 決着　2. 決心　3. 決意　4. 決定

13 この通りはいつもじゅうたいしている。

1. 重大　2. 渋滞　3. 住宅　4. 駐車

14 子供たちはねっしんに勉強していた。

1. 熱心　2. 情熱　3. 熱気　4. 関心

問題3 （ ）に入れるのに最もよいものを1・2・3・4・から一つ選びなさい。

15 田中くんは病気のため、学校を（ ）した。

1. 欠席　2. 出勤　3. 出席　4. 退席

16 年末セールで（ ）は賑わった。

1. 病院　2. 図書館　3. 商店街　4. 市役所

17 客が減って今月の店の（　）は先月より少なくなった。

1. 交通　2. 定価　3. 店舗　4. 収入

18 彼女には（　）があるが、それでも私は彼女が好きだ。

1. 欠点　2. 完璧　3. 不具合　4. 長所

19 彼はたったひとつのミスで（　）が切れた。

1. 理解力　2. 集中力　3. 会話力　4. 原動力

20 彼女がコホンと咳を（　）から話し出した。

1. 吐いて　2. 払って　3. とって　4. かけて

21 田中さんは責任を（　）ために仕事をやめた。

1. 取る　2. やる　3. 切る　4. 押す

22 北山さんは他人に影響されなく、（　）で仕事を楽しんでいる。

 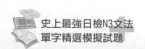

1. マイホーム　2. マイペース

3. マイルド　　4. スタッフ

23 試合直前に風邪をひいて、能力を（　）できなかった。

1. 発達　2. 発見　3. 発揮　4. 発行

24 その説明が（　）で分かりにくかった。

1. はっかり　2. 相性　3. 曖昧　4. やさしい

25 先週は実家で家族と（　）過ごした。

1. ぐっすりと　2. やんわりと

3. さっぱりに　4. のんびりと

問題4　＿＿のことばに意味が最も近いものを、1 2・3・4・から一つ選びなさい。

26 今日の天気が悪くて、風は更に強くなった。

1. もっと　2. きっと　3. ざっと　4. ふっと

27 わたしはコーヒーを飲みながら田中さんと<u>雑談</u>した。

1. けんか　2. 挨拶　3. 宣言　4. おしゃべり

28 私はそれを認めていないけど、<u>とりあえず</u>分かった。

1. 一応　2. すでに　3. どうしても　4. むしろ

29 森くんは<u>かしこい</u>し頑張り屋さんです。

1. かっこいい　2. 頭がいい
3. 楽しい　　　4. 難しい

30 <u>いつか</u>電話します。

1. いつも　2. 何時に　3. 必ず　4. そのうち

問題5　つぎのことばの使い方として最もよいものを、
1・2・3・4・から一つ選びなさい。

31 取材

1. 豆腐の<u>取材</u>は大豆です。

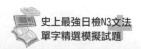
史上最強日檢N3文法
單字精選模擬試題

2．その文章は生徒に大きな取材を与えた。

3．取材は彼の勝ちに終わった。

4．田中さんは日本の相撲を取材し続けている。

32 きっかけ

1．水川さんは魅力的なきっかけの人です。

2．彼はきっかけが独創的だ。

3．この旅行をきっかけに、兄弟の絆は深まった。

4．筆記試験のきっかけはダメだった。

33 深刻

1．事態は一段と深刻になった。

2．先日の旅行は楽しくて深刻な思い出になった。

3．彼らは深刻にその秘密を守っている。

4．ここは深刻に警備されています。

34 続出する

1．彼女は荷物を持って続出した。

2．この商品はもう既に市場にたくさん続出している。

3. インフルエンザで倒れる者が<u>続出した</u>。

4. 家に帰る途中で雨が<u>続出した</u>。

35 <u>外見</u>

1. この作品は国内だけではなく、<u>外見</u>からも評価されてます。

2. 我が国はその国と<u>外見</u>関係を結んだ。

3. 彼女は<u>外見</u>ほど若くはない。

4. 私はこの件についてその会社の<u>外見</u>を知りたい。

第7回

問題1 ＿＿＿のことばの読み方として最もよいものを、
1・2・3・4・から一つ選びなさい。

1 地球は 24 時間に 1 回自転する。

　1. じきゅう　2. じきゅ　3. ちきゅう　4. ちきゅ

2 彼はいつも遅れてくる。

　1. くれて　2. おくれて　3. おそれて　4. それて

3 父は貿易会社を経営しています。

　1. ほうえぎ　2. ほうえき
　3. ぼっえぎ　4. ぼうえき

4 彼女の人生は幸運の連続だった。

　1. れんそく　2. れんぞく
　3. れんそう　4. れんぞう

5 それはどのくらいの割合で発生するのか。

1．かつあい　　2．わくあい

3．わりあい　　4．かっあい

6 それが事実だと<u>仮定</u>してもあなたの考えは間違って
いる。

1．かてい　　2．かってい　　3．かって　　4．かりてい

7 彼はいつも<u>積極的</u>に自分の意見を言う。

1．せきょくてき　　2．せっきょくてき

3．せこくてき　　　4．せっこくてき

8 東京は世界の<u>主要</u>都市です。

1．しゅうよう　　2．しゅよ

3．しゅうよ　　　4．しゅよう

問題2 ＿＿＿のことばを漢字で書くとき、最もよいもの
を、1・2・3・4・から一つ選びなさい。

9 彼らは7時までに<u>きたく</u>するだろう。

1．帰省　　2．回帰　　3．帰宅　　4．帰家

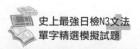

史上最強日檢N3文法
單字精選模擬試題

10 彼女はキクを<u>そだてる</u>のが趣味です。

　1．育てる　2．養てる　3．建てる　4．成てる

11 あの歴史は<u>きろく</u>されていない。

　1．記禄　2．記憶　3．記事　4．記録

12 事故では<u>は</u>が折れてしまった。

　1．胃　2．歯　3．腹　4．腰

13 彼は鏡の前で蝶ネクタイを<u>むすんだ</u>。

　1．結んだ　2．学んだ　3．給んだ　4．打んだ

14 わたしは今日学んだことを<u>ふくしゅう</u>している。

　1．予習　2．復習　3．学習　4．練習

問題3 　（　）に入れるのに最もよいものを1・2・3
・4・から一つ選びなさい。

15 企画部はお客さんを喜ばせるために、（　）をし

て努力しています。

1．想像　2．確認　3．観察　4．工夫

16　父親がりんごの皮を（　）くれた。

1．剥いて　2．折って　3．破って　4．離して

17　この植物は冬になると（　）しまう。

1．焦げて　2．枯れて　3．壊れて　4．溶けて

18　私達はいい結果を（　）している。

1．約束　2．予定　3．希望　4．期待

19　彼らは真実を知って（　）した。

1．はらはら　2．がっかり

3．うっかり　4．どきどき

20　家族のリクエストから新作の（　）を得た。

1．サイン　2．ルール　3．ヒント　4．サンプル

21　私はこの曲を聞く度に（　）昔を思い出す。

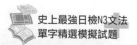

1. 懐かしい　2. 羨ましい

3. 悔しい　　4. 新しい

2 2　私はその（　）を既にカードで支払った。

1. 代金　2. 現金　3. 値段　4. 価値

2 3　あの人はあまり（　）からいやになった。

1. 悲しい　2. きれい　3. しつこい　4. 詳しい

2 4　そのドアは（　）にかぎがかかる。

1. 機械的　2. 一般的　3. 間接的　4. 自動的

2 5　彼は（　）の目しか見えない。

1 半々　2. 片方　3. 反対　4. 部分

問題4　＿＿のことばに意味が最も近いものを、1・2
・3・4・から一つ選びなさい。

2 6　私達は辛い時もあったが、決して諦めなかった。

1. 気にしなかった　2. やめようとしなかった

3. 怒らなかった　　4. 謝ろうとしなかった

27　熱海は年中気候が温暖だ。
1. 最近　　2. 時々　　3. いつも　　4. 前から

28　観客は彼の感動的な演技にすっかり心を奪われた。
1. 入れられた　　2. 止められた
3. 取られた　　4. 打たれた

29　子供たちはそれぞれの席についた。
1. ぞくぞくと　　2. ひとりひとり
3. ときどき　　4. キャーキャー

30　日差しがとても眩しくて、目が痛い。
1. 明るすぎて　　2. 遠すぎて
3. 薄すぎて　　4. 弱すぎて

問題5　つぎのことばの使い方として最もよいものを、
1・2・3・4・から一つ選びなさい。

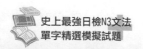

31 集める

1. そのごみが集められずに残っていた。

2. 会計システムのの資料を集めできた。

3. 客がその売場に集めている。

4. こちらの商品を集めた金額は20万です。

32 空っぽ

1. 一番前の席が空っぽです

2. 最近は忙しくて、その日だけ空っぽです。

3. 仕事が空っぽで辛いです。

4. 私達がが着くと、会場は空っぽで誰もいなかった。

33 作動

1. 私は機械を作動できません。

2. これから私が説明する作動に操作してください。

3. 彼はいつも作動を手伝ってくれる。

4. 車のエンジンが作動していない。

34 宛先

1. 仕事に行く宛先で高校の先生に出会った。

2. メールの送付宛先を確認しなければならない。

3. その車は海の宛先に走り去った。

4. 宛先の上司に厳しく叱られた。

35 通る

1. 郵便局と博物館の間にバスが通っている。

2. その建物は、その駅を通って反対側にある。

3. 挫折を通ったからこそ今の生活に感謝ができている。

4. 仕事に通って来ます。

 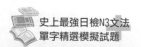

第8回

問題1 ＿＿ のことばの読み方として最もよいものを、
1・2・3・4・から一つ選びなさい。

1 節電にご協力おねがいします。

　　1. きょりょく　　2. きょりょ

　　3. きょうりょ　　4. きょうりょく

2 彼女はそのセミナーへ申し込んだ。

　　1. もししんだ　　2. もうししんだ

　　3. もしこうんだ　　4. もうしこうんだ

3 この経験は彼を成長させた。

　　1. せちょ　　　　2. せいちょ

　　3. せいちょう　　4. せちょう

4 どんな規則にも例外はある。

　　1. れいがい　　2. れいかい　　3. れがい　　4. れかい

5 そのドラマは案外面白かった。

　1. あんがい　2. あんかい

　3. あいがい　4. あいかい

6 その日本語に正確に対応する語は中国語にない。

　1. たおん　2. たおう　3. たいおん　4. たいおう

7 郵便で彼に小包を送った。

　1. こつづみ　2. こつつみ

　3. こづづみ　4. こづつみ

8 私はあの人を信用できません。

　1. しんよ　2. しんよん　3. しんよう　4. しよう

問題2　＿＿＿のことばを漢字で書くとき、最もよいもの

を、1・2・3・4・から一つ選びなさい。

9 私達は計画をじっこうした。

　1. 自己　2. 事故　3. 実行　4. 事項

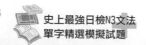
史上最強日檢N3文法
單字精選模擬試題

10 今朝の電車は人々でこんざつしていた。

1. 混雑　2. 混乱　3. 渾身　4. 混合

11 彼女はとても出勤できるようなじょうたいではない。

1. 状況　2. 状態　3. 現状　4. 症状

12 あの先生の講義はたいくつで学生はあくびばかりしていた。

1. 窮屈　2. 退避　3. 退勤　4. 退屈

13 インターネットでほしい物をちゅうもんした。

1. 注意　2. 質問　3. 長文　4. 注文

14 ふだんは何時に寝ますか。

1. 普段　2. 普通　3. 普及　4. 負担

問題3 （　）に入れるのに最もよいものを1・2・3・4・から一つ選びなさい。

15 それは（　）推測にすぎません。何の証拠もありません。

1. 少し　2. 正しい　3. もっとも　4. 単なる

16 寒いから何か（　）飲み物が欲しい。

1. 冷たい　2. 温かい　3. アイスの　4. ぬるい

17 世界中の人々がサミットの（　）に注目している。

1. 相談　2. 面接　3. 快談　4. 会談

18 何があっても私たちはいつもあなたの（　）です。

1. 荷物　2. 味方　3. 負担　4. 見方

19 こうして時々お会いできるのはとても（　）ことです。

1. 愉快な　2. 不愉快な

3. 忙しい　4. 恥ずかしい

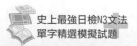

20 彼女は日本の文化を研究する（　　）で日本に来
た。

1. ため　2. 目的　3. 手段　4. 先

21 彼女はだまされて財産を（　　）。

1. 奪われた　2. 貯めた

3. 倒れた　　4. 買わされた

22 その企画に私は会社ではなく（　　）の名義で参加
した。

1. 社員　2. グループ　3. シングル　4. 個人

23 彼は滑って（　　）ところだった。

1. 笑う　2. 転ぶ　3. 遊ぶ　4. 座る

24 私は（　　）もその仕事を続けたい。

1. 以前　2. 今まで　3. 普通　4. 今後

25 いろいろあったけど、彼は無事に目的地に（　　）
した。

1. 到着　2. 出発　3. 行き　4. 返事

問題4 ＿＿のことばに意味が最も近いものを、1・2・3・4・から一つ選びなさい。

26 事故で列車は突然止まった。
1. ついに　2. 急に　3. 偶然に　4. 逆に

27 続くかどうかわからないけど、とにかく始めよう。
1. とりあえず　2. それとも
3. いつも　　　4. どうしても

28 その計画は何とか進んでいる。
1. 何の方法もない　2. 変な方法で
3. いつもの方法で　4. 何らかの方法で

29 彼女はピンクがよく似合う。
1. 似る　2. 会う　3. 買う　4. 合う

史上最強日檢N3文法
單字精選模擬試題

30 赤ちゃんはぐっすり眠っている。

1. すやすや　2. つやつや

3. いやいや　4. もやもや

問題5 つぎのことばの使い方として最もよいものを、
1・2・3・4・から一つ選びなさい。

31 述べる

1. それを聞いたとき、思わず述べてしまった。

2. 私は昨日つまらないことで彼と述べた。

3. 彼は会議で自分の意見を述べた。

4. 彼女の失礼な言葉を聞いて先生は述べた。

32 激しい

1. あの映画を見て激しい気持ちになった。

2. 今日は激しい雨が降った。

3. 昨日は仕事のことで激しかった。

4. 本を読むと激しい気持ちになる。

33 できるだけ

1. 頑張ったけど、<u>できるだけ</u>解決できない。

2. 彼のうそが仕事を<u>できるだけ</u>にした。。

3. <u>できるだけ</u>の経験があってもう誰も信用できない。

4. 金額を<u>できるだけ</u>早く私に伝えてください。

34 手間

1. この仕事は複雑でだいぶ<u>手間</u>がかかる。

2. 皆はその試合が<u>手間</u>に残った。

3. 彼女は自身の成功について複雑な<u>手間</u>だと話した。

4. この服は夏の<u>手間</u>に合っている。

35 中止する

1. 田中さんは彼らの旅行を<u>中止する</u>。

2. 彼女の笑顔を<u>中止する</u>だけで幸せな気分になれる。

3. 大雨のため試合は<u>中止された</u>。

4. いろんなトラブルで心が<u>中止していた</u>。

第9回

問題1 ＿＿のことばの読み方として最もよいものを、
1・2・3・4・から一つ選びなさい。

1 先生に質問して疑問を解決しました。
　1．きもん　2．きぶん　3．ぎもん　4．ぎぶん

2 田中さんは市内にたくさんの土地を持っている。
　1．しない　2．いちない　3．ちない　4．じない

3 仕事の具体的な内容を教えて下さい。
　1．ないぎょ　2．ないぎょう
　3．ないよ　　4．ないよう

4 この店は古着だけ販売している。
　1．はんぱい　2．はんばい
　3．ばいばい　4．はいばい

5 お店の開店初日、たくさんのお客様が並びました。

1. おきゃくさま　2. おぎゃくさま

3. おこくさま　　4. おごくさま

6 今日は雲一つ無い良い天気でした。

1. ぐうも　2. くうも　3. ぐも　4. くも

7 次の交差点を右に曲がりなさい。

1. こさてん　　　2. こさでん

3. こうさてん　4. こうさでん

8 まわりがうるさくて先生の声が聞こえなかった。

1. おと　2. こえ　3. おど　4. ごえ

問題2 ＿＿＿のことばを漢字で書くとき、最もよいもの
を、1・2・3・4・から一つ選びなさい。

9 彼女は今の仕事についていつもふへいを言ってい
る。

1. 不満　2. 不意　3. 不平　4. 不能

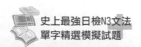

10 彼のゆいつの趣味はゲームです。

  1. 唯一 2. 単一 3. 均一 4. 第一

11 私は悪い習慣をこくふくしたい。

  1. 克難 2. 克服 3. 口服 4. 克福

12 私はいつでもあなたをかんげいします。

  1. 送別 2. 送迎 3. 歓声 4. 歓迎

13 私たちはおたがい頑張りましょう。

  1. お供い 2. お互い 3. お彼い 4. お相い

14 私は家族をうらぎるようなことはしたくない。

  1. 裏切る 2. 裏付る 3. 裏返る 4. 裏割る

問題3 （ ）に入れるのに最もよいものを1・2・3
・4・から一つ選びなさい。

15 彼は給料に（ ）を感じていた。

1.不満　2.関心　3 目標　4.我慢

16 暇だから商店街を（　）していた。

1.ぐらぐら　2.がらがら

3.ぶらぶら　4.ぱらぱら

17 試験の（　）を郵送で送ってくれませんか。

1.保証書　2.申込書　3.領収書　4.証明書

18 この駅が（　）すぎて迷子になりそう。

1.複雑　2.重大　3.意外　4.正常

19 川は市内を（　）いる。

1.沈んで　2.浮いて　3.こぼれて　4.流れて

20 このりんごは最高級のアメリカ（　）です。

1.製　2.作　3.品　4.産

21 田中さんは仕事について、雑誌の（　）を受けた。

1.スピーチ　　2.インタビュー

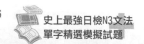

史上最強日檢N3文法
單字精選模擬試題

3．メッセージ　4．コミュニケーション

22　今朝、出版社へメールしたが、（　）はまだこない。

1．命令　2．返事　3．出張　4．注文

23　本棚の本をきちんと（　）してください。

1．整理　2．準備　3．選択　4．世話

24　朝から何も飲んでなくて喉が（　）にかわいた。

1．ぺらぺら　2．へこぺこ

3．からから　4．ふらふら

25　結婚のためにお金を（　）いる。

1．のせて　2．かさねて　3．くわえて　4．ためて

問題4　＿＿＿のことばに意味が最も近いものを、1・2・3・4・から一つ選びなさい。

26　彼はバスで通勤している。

1. 会社に通っている

2. 買い物に行っている

3. 學校に通っている

4. 散歩に行っている

27 恐ろしい夢を見て目が覚めた。

1. 楽しい　2. 嬉しい　3. 恥ずかしい　4. 怖い

28 企画が中止になったわけは知りません。

1. アイディア　2. 理由　3. ルール　4. 秘密

29 今年は昨年より売り上げが減った。

1. 多くなった　　　2. 少なくなった

3. 綺麗になった　4. 汚くなった

30 昨日やった実験をはじめからやり直した。

1. やり方を調べた　2. やり方を教わった

3. もう一度やった　4. やるのを途中でやめた

問題5 つぎのことばの使い方として最もよいものを、

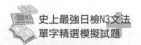
史上最強日檢N3文法
單字精選模擬試題

1・2・3・4・から一つ選びなさい。

31 倒れた

1. 気を付けないとちゃんと倒れるよ。

2. 傷口から血が倒れている。

3. 彼は倒れて本を読んでいる。

4. 彼は寝不足で仕事中に倒れた。

32 指示

1. 彼のおかしな行動に関する指示は僕も耳にしている。

2. いろいろな指示がありますが、私は賛成です。

3. 私たちは会社の指示に従って行動する。

4. 私はこの曲を聞いて複雑な指示になりました。

33 見送る

1. 私たちは今回はその大会への参加を見送った。

2. 部屋から素敵な景色が見送る。

3. 私はその事件のことを新聞で見送った。

4. 昨日、メールを見送るの忘れていた。

34 植える

1. 「駐車禁止」の看板をいくつ植えても効果がない。

2. 公園には植物がたくさん植えてある。

3. 子供が庭に宝物を埋めた。

4. 今月号の雑誌は面白い記事を植えている

35 正直

1. 科学者たちはそれの正直な原因が分からない。

2. その話は正直かどうか、誰も分からない。

3. この時計は正直に動いていない。

4. 正直に言って私は田中先生のことが好きじゃない。

問題1 ___のことばの読み方として最もよいものを、
1・2・3・4・から一つ選びなさい。

1 彼女の手足は氷のように冷たい。

　1．こり　2．ごり　3．こおり　4．ごおり

2 学歴社会なんてすでに過去の話だ。

　1．かきょ　2．かこう　3．かきょう　4．かこ

3 この道は工事で通行できない。

　1．つうこう　2．つこう　3．つうごう　4．つごう

4 めまいで目から星が出るような感じがした。

　1．つき　2．ほし　3．いわ　4．そら

5 この島の人口が年々減っている。

　1．しま　2．うみ　3．かわ　4．いけ

6　山田さんはそれを聞いて大声で<u>笑った</u>。

　1. かなった　2. にらった

　3. わらった　4. ちがった

7　あの選手はやっと<u>幼い</u>頃からの夢を叶えた。

　1. ささじみ　2. おさなみ

　3. おさない　4. ささない

8　今夜は雨が降る<u>可能性</u>がない。

　1. かのうせい　2. かのせい

　3. かのうせ　　4. かあのせい

問題2　＿＿＿のことばを漢字で書くとき、最もよいもの
を、1・2・3・4・から一つ選びなさい。

9　根拠の無いが<u>うわさ</u>が町中に広まった。

　1. 嘘　2. 叫　3. 唄　4. 噂

10　<u>おかいけい</u>をお願いします。

　1. 会計　2. 勘定　3. 領収　4. 精算

 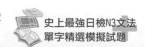

11 おそらく証拠は見つからないだろう。

　1．恐らく　2．怖らく　3．襲らく　4．装らく

12 山森先生はいつもじょうひんな言葉を使っている。

　1．品質　2．上品　3．上質　4．上位

13 彼はやちんが払えなくなった。

　1．家賃　2．代金　3．料金　4．賃貸

14 家族は彼をおうえんしている。

　1．援助　2．支持　3．支援　4．応援

問題3　（　）に入れるのに最もよいものを1・2・3・4・から一つ選びなさい。

15 数えたら、私は（　）100枚の写真を撮った。

　1．およそ　2．たくさん　3．一緒に　4．少ない

16 参加できない私を（　　）10人が出席した。

1. 頼んで　2. 加えて　3. 除いて　4. 任せて

17 友人に引越し祝いの花を（　　）。

1. 贈った　2. 取った　3. 変えた　4. 張った

18 先生にしかられることを（　　）学生たちは何も言
わなかった。

1. 恐れて　2. したくて　3. 教えて　4. 聞いて

19 両親は彼に注意したが、彼はその（　　）を無視し
た。

1. 注文　2. 警告　3. 祝い　4. 注目

20 私は彼がチームのリーダーだと思っていたが、
（　　）そうではないらしい。

1. 果たして　2. なるほど
3. はっきり　4. どうやら

21 彼の顔は怖そうに見える（　　）、性格は優しかっ

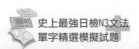

た。

1．通り　2．ように　3．反面　4．違い

22 すごい雨だ。（　）台風みたいだ。

1．まるで　2．いつも　3．確か　4．逆に

23 彼女は絵もうまくて、作家というより（　）芸術
家だ。

1．まったく　2．まさか　3．むしろ　4．わりと

24 お忙しいのに（　）来ていただきありがとう。

1．いろいろ　2．わざわざ

3．わくわく　4．のりのり

25 病気を（　）彼はたばこをやめた。

1．もとに　2．ともに　3．機会に　4．契機に

問題4　＿＿のことばに意味が最も近いものを、1・2
・3・4・から一つ選びなさい。

26 スーパーでご近所の奥さんに会って<u>挨拶</u>した。

1. けんか　2. 会釈　3. 出席　4. 無視

27 森田さんは冷静で<u>穏やか</u>な人だ。

1. 目立っている　2. 困っている

3. ひねっている　4. 落ち着いている

28 私は田中さんにその確認を<u>依頼した</u>。

1. お願いした　2. 頼まれた

3. 認めた　　　4. 承認した

29 いつも電話してる<u>相手</u>はだれだ。

1. 同僚　2. 知り合い　3. 近所　4. 対象

30 実際この会社を<u>支配している</u>のは社長の奥さんなんだ。

1. 支払っている　2. 管理している

3. 作っている　　4. 反対している

問題5 つぎのことばの使い方として最もよいものを、

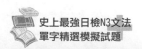
史上最強日檢N3文法
單字精選模擬試題

1・2・3・4・から一つ選びなさい。

31 気付く

1. 彼女は子供が風邪を引きはしないかと<u>気付いていた</u>。

2. お客様は新しい商品をとても<u>気付いた</u>。

3. 大丈夫です。<u>気付かないでください</u>。

4. 財布をなくしたのに<u>気付いた</u>。

32 さっぱり

1. 先生の講義が難しくて<u>さっぱり</u>わからない。

2. 私は英語が<u>さっぱり</u>喋れない。

3. それは<u>さっぱり</u>問題ないです。

4. このスープは<u>さっぱり</u>美味しくなかった。

33 叱る

1. 時が経てば真実が<u>叱る</u>。

2. 彼は仕事に<u>叱られている</u>。

3. テストの結果が悪くて親に<u>叱られた</u>。

4. 私は来週大阪を<u>叱る</u>予定だ。

34 親しい

1. 彼は大変わがままで、親しくて、思いやりがなか
   った。

2. 私たちは親しい昔の話を楽しんだ。

3. 彼は私の親しい友人だった。

4. 昨日のパーティーは親しかった。

35 上達する

1. 提示された予算は考えていた金額をかなり上達し
   た。

2. まもなくその仕事も完成に上達するだろう。

3. その道は市内に上達している。

4. 練習すれば英語がどんどん上達するよ。

第 11 回

問題1 ＿＿のことばの読み方として最もよいものを、
1・2・3・4・から一つ選びなさい。

1 彼は無事に到着した。
  1. とうじゃく　2. とじゃく
  3. とうちゃく　4. とちゃく

2 田中さんは交通事故に遭って足の骨を折ってしまった。
  1. おって　2. ふって　3. いって　4. りって

3 営業部の同僚が貴重な情報を提供してくれた。
  1. じょほ　　2. じょほう
  3. じょうほ　4. じょうほう

4 彼はやっていることは歴史に残るだろう。
  1. れきしき　2. れきし　3. れしき　4. れいきし

5 その事件は未だ<u>解決</u>できていない。

1. かいけつ　2. がいけつ

3. がいげつ　4. かいげつ

6 4月からすべての商品の<u>価格</u>が変わった。

1. がかく　2. ががく　3. かがく　4. かかく

7 彼女の顔には傷跡が<u>残って</u>いる。

1. のごって　2. のうこって

3. のこって　4. のうごって

8 ご両親によろしく<u>お伝え</u>ください。

1. おつだえ　2. おつたえ

3. おづたえ　4. おずたえ

問題2 ＿＿＿のことばを漢字で書くとき、最もよいもの
を、1・2・3・4・から一つ選びなさい。

9 この英語、私の<u>かいしゃく</u>は正しいですか。

1. 釈明　2. 解釈　3. 解説　4. 会釈

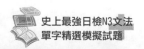

10 ダイエット食だけだと<u>えいよう</u>が足りない。

1．栄養　2．養分　3．栄光　4．要素

11 彼ならこの<u>きき</u>を乗り越えられる。

1．危険　2．険悪　3．機会　4．危機

12 タバコは<u>ごえんりょ</u>ください。

1．ご配慮　2．ご遠慮

3．ご考慮　4．ご心配

13 あの映画は見る<u>かち</u>がある。

1．価直　2．値段　3．価格　4．価値

14 先生は静かに学生の行動を<u>かんさつ</u>をしている。

1．視察　2．観光　3．観察　4．監察

問題3　（　）に入れるのに最もよいものを1・2・3
・4・から一つ選びなさい。

15 この商品は品質がよく、（　）安い。だから売れてる。

1. しかし　2. しかも　3. いつも　4. したがる

16 安全のために電車が（　）スピードを落として止まった。

1. 徐々に　2. 一気に　3. ますます　4. いまさら

17 彼らは音楽に（　）楽しく踊った。

1. 一緒に　2. 見て　3. 注意して　4. 合わせて

18 彼は詐欺の容疑で警察に（　）された。

1. 認識　2. 疑い　3. 申請　4. 逮捕

19 仕事に集中していると時間が（　）のが早いです。

1. 行く　2. なくす　3. 経つ　4. 離れる

20 泥棒が警察に（　）。

1. 捕まれた　2. 頼まれた

 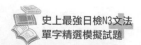

3．失われた　4．飛ばされた

21　チケット･抽選の（　）は明日です。

1．発売　2．発表　3．発音　4．発見

22　本社から取引先に担当者変更の（　）があります。

1．お知らせ　2．ご知らせ　3．お挨拶　4．ご祝い

23　田中さんは陽気そうに見えるが、本当はそれに反して（　）のた。

1．欲しがっている　2．愛している

3．楽しんでいる　　4．悲しんでいる

24　私は会社勤めです。普通の（　）です。

1．サラリーマン　2．セール

3．ニート　　　　4．リストラ

25　これは（　）だから誰にも言わないでね。

1．常識　2．物語　3．秘密　4．昔話

問題4 ＿＿のことばに意味が最も近いものを、1・2・3・4・から一つ選びなさい。

26 仕事を真剣にやりなさい。
1. 普通に　2. 真面目に
3. 勝手に　4. 早く

27 わたしは仕事がうまく行けるか不安です。
1. 安心　2. 不便　3. 安らか　4. 心配

28 私はどんな場面でその言葉を使えば良いか分からない。
1. 建物　2. 方　3. 状況　4. 時間

29 この地方では製鉄業が盛んであった。
1. 積極的だった　　　　2. 元気がなかった
3. 盛り上がらなかった　4. 繁盛していた

30 彼女は山の植物に詳しいです。

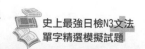

1. よく知っている　2. たくさん持っている
3. あまり知らない　4. いつも話している

問題5 つぎのことばの使い方として最もよいものを、
1・2・3・4・から一つ選びなさい。

31 気に入る

1. ボタンが取れかけているのに気に入っていた。
2. 私はたまに彼と目が合う気に入る。
3. ついに彼は自分の誤りに気に入った。
4. 私のやり方が彼は気に入らない。

32 含む

1. みんなで力を含んでソファーを持ち上げた。
2. この商品の価格には郵送料が含まれている。
3. 彼女はいつも時間を上手く含む。
4. 子供達は音楽に含んで歌った。

33 基本的

1. 私は基本的に今日の宿泊は鹿児島になりました。

2.基本的に彼は良い選手ではない。

3.私は基本的に日本語を勉強しています。

4.彼は基本的に自分の意見を言う。

34 決心する

1.プロになるためには、できるだけの決心するつも
りです。

2.彼は医者になろうと決心した。

3.たいしたことではないから、決心することはあり
ません。

4.旅行に行きたかったけど、時間がなくてしかたな
く決心した。

35 合図する

1.彼に合図する悪いうわさを聞いた。

2.この部屋は静かで合図するのにいいです。

3.若いころはよく合図したものだ。

4.彼は身ぶりであちらへ行けと合図した。

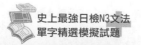

第 12 回

問題1 ___のことばの読み方として最もよいものを、
1・2・3・4・から一つ選びなさい。

1 この湖は深いから危ないよ。

1．ふかい　2．ふがい　3．ぶかい　4．ぶがい

2 泡がスープの表面に浮かんでいる。

1．ひょべん　　2．ひょうべん

3．ひょうめん　4．ひょめん

3 図書館の返却ポストに本を返した。

1．かした　　2　かえした

3．へんした　4．はんした

4 暑くて汗が止まらない。

1．あみ　2．あせ　3．あく　4．あざ

5 先生はテスト用紙を配った。

1．くばった　2．はいった

3．くれった　4．かばった

6 新しい空港の<u>建設</u>が始まった。

1．げんぜつ　2．げんせつ

3．けいせつ　4．けんせつ

7 彼は金が無くて<u>困って</u>いる。

1．こもって　2．こまって

3．こそって　4．まよって

8 <u>平日</u>にこのショッピングモールに来る人はほとんど

いない。

1．へいちつ　2．へいにじ

3．へいじつ　4．へいにち

問題2 ＿＿のことばを漢字で書くとき、最もよいもの

を、1・2・3・4・から一つ選びなさい。

9 <u>げんざい</u>のままにしておくと大変なことになる。

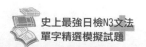

史上最強日検N3文法
單字精選模擬試題

1．健在　2．目下　3．現在　4．現今

10　ごじゆうにお菓子を召し上がってください。

1．ご自分に　2．ご自力に

3．ご自在に　4．ご自由に

11　この行為はほうりつで認められている。

1．法律　2．法定　3．法理　4．律法

12　とりあえず明日は市内をかんこうしようと思う。

1．観光　2．観察　3．観賞　4．観視

13　しょうたいけんがなければ入場できません。

1．招侍巻　？　招持巷　3．招待券　4．招持券

14　彼は悔しくてなみだを流した。

1．汗　2．涙　3．滴　4．澪

問題3　（　）に入れるのに最もよいものを1・2・3
・4・から一つ選びなさい。

15 私は今までほとんど病気に（　　）ことがない。

1. かかった　2. つかった　3. 生じた　4. 落ちた

16 その2つの絵は似ているが、（　　）違いがある。

1. 完全に　2. まったく　3. きれいな　4. 微妙な

17 そのクラスは4つの（　　）に分けられた。

1. グレープ　2. グループ

3. デパート　4. モード

18 怪我した部長を（　　）に病院に行った。

1. 見舞い　2. 連れ　3. 送り　4. 見

19 運転手は赤信号を（　　）して進んだ。

1. 注意　2. 無視　3. 同意　4. 無限

20 最近眠りが浅くて（　　）目が覚める。

1. ひさびさ　2. しばしば

3. しくしく　4. どきどき

 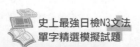

21 田中さんは宝石の（　）をしている。

1. 運動　2. 商売　3. 活動　4. 招待

22 あの子は嘘を（　）傾向がある。

1. 行く　2. 歩く　3. 見る　4. つく

23 あのひとりぼっちの子供が（　）だ。

1. かわいそう　2. かわいい　3. 同情　4. 素敵

24 その悲惨なニュースを聞いて（　）に思う。

1. 美しい　2. 悲しみ　3. 気の毒　4. 嬉しい

25 彼は（　）でよく失敗します。

1. 積極　2. 不器用　3. 真面目　4. 丈夫

問題4　＿＿のことばに意味が最も近いものを、1・2・3・4・から一つ選びなさい。

26 彼女たちは<u>共通の</u>趣味を持っている。

1．別々の　2．同じ　3．変わった　4．普通の

27 ここでの魚釣りは<u>禁止されている</u>。

1．止められない　2．信じられない

3．許されない　4．通じない

28 散歩中に<u>偶然</u>上司に会った。

1．たまたま　2．いつも

3．どうしても　4．だけに

29 あなたの説明は事実と<u>一致しない</u>。

1．同じだ　2．違いない

3．一緒だ　4．違っている

30 これらのバッグは<u>いずれも</u>にせものです。

1．それとも　2．どれも　3．多分　4．たまに

問題5 つぎのことばの使い方として最もよいものを、1・2・3・4・から一つ選びなさい。

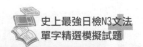

史上最強日檢N3文法
單字精選模擬試題

31 緊張する

1. 先月の電気の消費量が思ったより多いのに緊張した。

2. 私は英語を話すと緊張する。

3. 円満解決を緊張する。

4. 委員会はその件の調査を緊張した。

32 暮らす

1. 彼女は日本語を教えて暮らしている。

2. 毎日バスで会社に暮らしている。

3. 去年の商売は暮らした。

4. 激しい議論の末，ようやく結論を暮らした。

33 いたずら

1. 先生にいたずらが言いたくてメールを送りました。

2. 彼女は別れのいたずらに手を振った。

3. 子供は朝からいたずらをして、私に怒られた。

4. この前の件について、いたずら申し上げます。

34 現れる

1. 私は会社に現れたので走った。

2. 彼女は10キロも現れて疲れた。

3. 田中さんは最後まで現れなかった。

4. 私は入院中はタバコを現れなかればならなかっ
た。

35 あるいは

1. 英語かあるいは日本語かどちらかが必修です。

2. これらはあるいは困難な課題です。

3. この本あるいはその本全部読みたい。

4. そのかばんは大きいあるいは軽くて持ちやすい。

文法模擬試題解答

▶第1回 - - - - - - - - - - - - - - - -

問題1

1 4	**2** 2	**3** 4	**4** 4	**5** 2

6 3	**7** 3	**8** 1	**9** 2	**10** 4

11 2	**12** 1	**13** 4

解説

1 名詞+ぬきで　少了~、省略~；等同於なしで、な
しに

2 名詞+にもとづいて　根據~、基於~

3 時間+では　表示時間範圍

4 場所+において　在~

5 お見えです　「来る」的尊敬語

6 名詞+みたいな　像~的樣子，等同於名詞+のよう
な

7 ［動—辞書形］+な　表示禁止，等同於［動—て形］+
はいけない

8 ことになっている　表示規定

9 時間、空間＋にわたって　長達（表時間或空間）

10 ～ば～ほど　越～越～

11 名詞＋どおり（とおり）　依照、按照

12 名詞＋こそ　正是

13 うかがう　「訪ねる」的謙讓語

問題2

14 3　**15** 2　**16** 1　**17** 3　**18** 4

解説

14 うん、たしか「仕事を探す」というような意味だったと思うんですけど。

15 父は旅行するたびにおみやげを買ってきてくれる。

16 彼はなんであんなひどいことを言ったのだろう。

17 このブランドのコートは年齢や性別を問わず多くの人が着ている。

18 頑張って練習したのに本番でうまくできなかった。

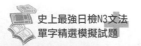

史上最強日檢N3文法
單字精選模擬試題

問題3

19 1　**20** 3　**21** 2　**22** 1　**23** 2

問題1

1 1	2 2	3 1	4 2	5 1
6 3	7 4	8 1	9 2	10 3
11 1	12 4	13 2

解説

1 さえ～ば　如果有～，就能；等同於さえ～たら

2 ～際は　當～的時候

3 くらいなら　用於兩者選擇比較，與其選前者不如選
後者

4 らしい　像～的；典型的

5 ～に決まっている　決まる是自動詞，決める是他動
詞

6 ～に加えて　再加上

7 ふいに　突如其來的

8 ［動－た形］とたんに　一～就～

9 ～しながら　一邊～

10 ～てもらう　請別人幫忙～

11 用被動式表示非自己願意，受到影響的情況

12 拝見する　「見る」的謙譲語；「～させていただ

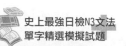

く」用於請求對方同意

13 お上手でいらっしゃる　「お上手です」的尊敬語

問題2

14 1　　**15** 3　　**16** 1　　**17** 4　　**18** 4

解説

14 レストランに行ったのに予約の時間を間違えていました。

15 明日は広い花畑のある公園に行くつもりです。

16 あちこちに警察が配備されているので犯人は隠れようがない。

17 あの店ではノートやペンをはじめとする文房具をとりそろえています。

18 転校して学校が遠くなったものだから早起きしなければなりません。

問題3

19 3　　**20** 1　　**21** 4　　**22** 2　　**23** 1

▶第3回 ----------------

1 2　**2** 2　**3** 1　**4** 1　**5** 3

6 1　**7** 1　**8** 1　**9** 4　**10** 3

11 2　**12** 4　**13** 3

解説

1 盗まれた　被偷走

2 お［動－ます形語幹］＋になる　表示對方動作的尊敬語

3 ［動－使役形］てください　請讓我～

4 ［動－て形］＋くれる　對方為我做～

5 ［動－辞書形］＋しかない　只能

6 はず　應該

7 わけにはいかない　不能不

8 ［動－て形］＋みせる　做給對方看

9 名詞＋につき　關於

10 せい　原因在～

11 ［動－辞書形］＋たびに　每次都；一～總是～

12 ～ほど～ない　沒有比～更～

13 ［動、い形、な形、名詞］普通形＋はずがない

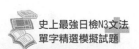

不可能～

問題2

14 1　15 2　16 2　17 4　18 3

解説

14 これは8人でもゆったりと乗れる車です。

15 体に悪いと知りながらお酒をやめられない。

16 日本人にとって、お花見と言えば桜のことです。

17 出かけたとたんに雨が降りだした。

18 どこから食べればいいのかわからないほど大きい
ハンバーガーです。

問題3

19 3　20 2　21 1　22 4　23 2

▶第４回 ----------------

問題１

| **1** 3 | **2** 3 | **3** 4 | **4** 2 | **5** 2 |

| **6** 1 | **7** 2 | **8** 4 | **9** 1 | **10** 2 |

| **11** 4 | **12** 4 | **13** 2 |

解説

1 話せる 「話す」的可能形

2 疑問詞＋か 表示不特定的事物

3 ものなら 如果可以～的話

4 ［動詞、名詞、い形、な形］名詞修飾型＋おかげで
多虧了～；託～的福

5 にあたって 在～的時候、趁～的時候

6 ～からこそ 正因為～

7 たまらない ～得受不了

8 ～わけではない／わけでもない 並非

9 ～やら～やら 在諸多事項中舉例

10 ことになっている 被決定～

11 ござる 「ある」的尊敬語。

12 いらっしゃる 「来る」的尊敬語
［動ーた形］＋とき ～了的時候

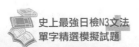

史上最強日檢N3文法
單字精選模擬試題

13 うそをつく　説謊：可能形為うそがつける

問題2

14 1　**15** 4　**16** 2　**17** 2　**18** 1

解説

14 先週入会した女性とはもともと知り合いです。

15 林さんの考えはともかくとして，わたしはそれに
は不賛成だ。

16 途中で何事か起こったに相違ない。

17 店長にすすめられたとおりに注文したのに美味し
くなかった。

18 先生たちは手を振りながら去っていきました。

問題3

19 2　**20** 4　**21** 2　**22** 1　**23** 3

問題１

1 4　　2 1　　3 2　　4 4　　5 2

6 2　　7 3　　8 1　　9 4　　10 3

11 1　　12 2　　13 3

解説

1　～っぽい　像～

2　～って　引用；據説～

3　お［動－ます形語幹］＋ください　「～てください」
　　的尊敬語

4　考えさせられる　使役被動

5　～よかった　～的話就好了

6　～のだろう　應該是～吧

7　よりほかなかった　別無選擇

8　［動－普通形］＋ようになる　變得會～；會～

9　～みたいだ　像～一樣；好像（表推測）

10　名詞＋にとって　對～來説

11　において　在、於

12　にともなって　隨著

13　［動－辞書形］＋ことはない　不必～；沒必要～

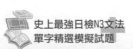

問題2

14 3　15 2　16 3　17 4　18 2

解説

14 コツさえわかれば誰でもうまく運転できる。

15 祖母が元気なあいだに、海外旅行に連れて行きたいです。

16 スマートフォンは操作が簡単なら簡単なほどいい。

17 食事の最中に電話が来た。

18 4時間おきに体温を測りなさい。

問題3

19 4　20 2　21 1　22 2　23 1

問題1

1 4　**2** 3　**3** 1　**4** 2　**5** 2

6 4　**7** 4　**8** 2　**9** 3　**10** 1

11 3　**12** 1　**13** 2

解説

1 ［動－た形］＋ところ　～結果，表示偶然的契機

2 忘れっぽい　健忘

3 ［動－辞書形］＋ところだった　險些～

4 ［動－て形］＋はじめて　～之後，才

5 にあたって　在～的時候、趁～的時候

6 ～間　在～期間；～時

7 ［名］＋に関する　關於～

8 ～うちに　趁～時；在～之內

9 「動－ている」＋最中に　正在～

10 ［動詞、名詞、い形、な形］普通形＋としたら
　　　如果～

11 ［名］＋とともに　和～一起；與～同時

12 おる　「いる」的謙讓語

13 ついでに　順道、順便

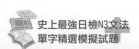

史上最強日檢N3文法
單字精選模擬試題

問題2

14 1　**15** 1　**16** 4　**17** 4　**18** 1

解説

14 先生は優しいはんめん、厳しいところもある。

15 彼は英語はもちろんドイツ語もできる。

16 もう少し雨がひどくなると、洪水の恐れがある。

17 試験は思っていたほど難しくなかった。

18 最近忙しいから、旅行するとしても来年以降です。

問題3

19 2　**20** 4　**21** 1　**22** 3　**23** 2

▶第7回 ----------------

問題1

1	1	2	2	3	4	4	2	5	3
6	1	7	2	8	2	9	2	10	4
11	1	12	2	13	3

解説

1　はずなのに　明明應該

2　～とはかぎらない　並非～

3　～させる　強制、指示

4　～さえ　連～（都）、甚至～（也）

5　たとえ　就算～；「たとえ」後面常接有「ても」「と
　　しても」等

6　[動ーて形]＋ばかりいる　總是～、老是～

7　[名]＋から＋[名]＋にかけて　從～到～

8　名詞＋気味　有～的感覺

9　～ということになる　決定～

10　～し　既～又～

11　～ところに　正當～的時候

12　やってもらいたい　請對方做

13　ご覧ください　「見てください」的尊敬語

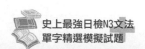

問題2

14 3   15 2   16 3   17 4   18 1

解説

14 先週買ったばかりなのに、スマートフォンが壊れてしまった。

15 テストほど嫌なものはない。

16 少ししか食べなかったのに、彼女は太ってしまった。

17 過去に戻れるなら戻りたいです。

18 ご家族の皆様にもよろしくお伝えください。

問題3

19 1   20 3   21 4   22 1   23 2

▶第8回 ――――――――――

問題1

1 3　**2** 1　**3** 2　**4** 3　**5** 3

6 4　**7** 1　**8** 2　**9** 3　**10** 3

11 4　**12** 1　**13** 2

解説

1 ［動ーます形語幹］＋がたい　難以～

2 まいる　「行く」的謙讓語

3 持たせる　「持つ」的使役形

4 ご-（お）［動ーます形語幹］＋します　表示謙讓

5 ［動ーて形］＋いく　表示將來的變化

6 ［名ーの］＋かわりに　代替～

7 ［動ーます形語幹］＋きれない　做不完、無法完成

　　［動ーます形語幹］＋きれる　完成

8 ～うちに　趁～時

9 ～しかない　只好、只有

10 ～おかげで　多虧了～

11 ～ということだ　據説～

12 ～さえ～ば　只要～就～

13 おる　「いる」的謙讓語

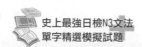

| 14 1 | 15 1 | 16 3 | 17 4 | 18 3 |

解説

14 明日は午後の飛行機だから、私たちはそんなに早く起きる必要はない。

15 彼にそのことを信じさせようとしてもむだだ。

16 愛犬家の私にとってペットはむすこのような存在です。

17 仕事のあとの楽しみは冷たいビールだ。

18 朝から何も食べていないので、お腹がすいてしょうがない。

問題3

| 19 1 | 20 3 | 21 2 | 22 3 | 23 4 |

▶第9回 ------------------

問題1

| 1 | 3 | 2 | 2 | 3 | 3 | 4 | 2 | 5 | 1 |

| 6 | 2 | 7 | 1 | 8 | 4 | 9 | 2 | 10 | 4 |

| 11 | 3 | 12 | 3 | 13 | 4 |

解説

1 [動一使役形]てあげる　譲對方做～

2 [動一意向形]＋としても　即使想～也～

3 [名]＋に対して　對於～

4 しょうしょうお待ち下さい　請稍作等待

5 [動一使役形]＋てください　請求許可、認可

6 [動一辞書形]＋べきだ　應該、必需

7 ～ものだ　感嘆

8 [名]＋から＋[名]＋にかけて　從～到～

9 ～せいで　原因

10 だらけ　都是

11 なら　如果～；表示建議

12 ～ことはない　沒必要～

13 [動一て形]＋よかった　幸好

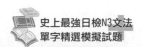

14 2   15 3   16 3   17 4   18 2

解説

14 もっと子供に遊んであげてください。

15 今年の冬は去年ほど寒くない。

16 来年から東京本社に行くことになった。

17 会議室をお借りしたいのですが。

18 ご覧のように、このスクリーンは通常の商品より
きれいです。

問題3

19 4   20 2   21 4   22 1   23 3

▶第10回 ----------------

問題1

1 4　　2 2　　3 1　　4 2　　5 3

6 2　　7 3　　8 2　　9 4　　10 3

11 1　　12 2　　13 4

解説

1 ［い形－ければ］＋［い形－い］＋ほど　～ば～ほ
ど、越～越～

2 ［動－辞書形］＋ばかりで　老是～

3 名詞＋であるかのように　就像～一樣（非事實）

4 ～くらい　只不過

5 恐れがある　有～的擔憂

6 ～さえ～ば　只要～就～

7 つつある　漸漸的

8 音がする　有～的聲音

9 くせに　明明是～卻

10 もとづいて　根據

11 ～としても　即使…也

12 ［動－辞書形］＋しかない　只好

13 ～とともに　和～一起

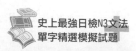

史上最強日檢N3文法
單字精選模擬試題

問題2

14 1   **15** 3   **16** 1   **17** 4   **18** 2

解説

14 渋滞で家に帰るのにいつもの2倍の時間がかかり
ました。

15 学生の将来を思うあまり、厳しいことを言ってし
まった。

16 京都なんて数年前に行ったきりだ。

17 明日の会議には出席しなくてもかまいませんか。

18 昨日のことは2人の秘密にしておこう。

問題3

19 2   **20** 4   **21** 3   **22** 1   **23** 2

▶第11回 --------------

問題1

1 2　　**2** 3　　**3** 2　　**4** 4　　**5** 1

6 3　　**7** 4　　**8** 4　　**9** 1　　**10** 2

11 3　　**12** 1　　**13** 2

解説

1　［動－辞書形］＋ことがある　有～的情形

2　［動詞、名詞、い形、な形］普通形＋としたら
　　如果～

3　［動－ます形語幹］＋つつ　明明～、雖然～

4　～うちに　趁～時

5　～ものだ　感嘆、常識

6　～きり　只有

7　～わけにはいかない　不能～

8　［名］＋として　作為～

9　［動－辞書形］きれない　不能完成

10　動詞否定的ない換成ず　表否定（特殊變化：する
　　→せず）

11　拝見する　「見る」的謙譲語
　　　　～させてください　請讓我～

276

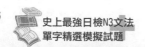

史上最強日檢N3文法
單字精選模擬試題

12 ～ほど～ない 沒有那麼

13 ～ようになる 變得會～

問題2

14 2　　15 1　　16 3　　17 4　　18 1

解説

14 昨日実家に振り込め詐欺の電話があったそうです。

15 のどが痛い。どうやら風邪を引いたようだ。

16 彼女はこどもを連れて動物園に行った。

17 この曲を聴くたびに昔を思い出す。

18 どうぞクッキーを自由に召し上がってください。

問題3

19 2　　20 1　　21 4　　22 3　　23 1

▶第12回 -------------------

解説

1 ［動－名詞修飾形］＋のに　為了

2 せい　原因

3 ［動－ます形語幹］＋ぶり　様子

4 残念ながら　很遺憾

5 ［名］＋について　關於～

6 ［名］＋になれる　習慣

7 ［動－て形］＋以来　從…以來

8 ［形容詞］＋げ　好像（形容詞去掉字尾的い、な＋げ）

9 ［名］＋によって　由於～、根據～

10 ～をしている　從事～

11 ［動－ます形語幹］＋たがる　（第三者而非説話者）想要～

12 お／ご［動－辞書形］します　表示謙讓

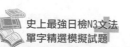
史上最強日檢N3文法
單字精選模擬試題

13 ［動－ます形語幹］＋飽きる　對～膩了

問題2

14 1　**15** 3　**16** 1　**17** 4　**18** 2

解説

14 あの子は泣き出したいのをじっとがまんした。

15 課長は私の言うことをなかなか理解しなかった。

16 彼は人に何かたのまれると、嫌だとは言えない人
です。

17 彼女は心をこめて最後の曲を歌った。

18 山田先生が英語を教え始めたのは１０年前です。

問題3

19 3　**20** 1　**21** 4　**22** 2　**23** 3

▶第13回 ----------------

1 2　**2** 1　**3** 2　**4** 3　**5** 1

6 2　**7** 4　**8** 2　**9** 4　**10** 1

11 3　**12** 1　**13** 2

解説

1 ［動－ます形語幹］＋たがる　（第三者而非説話者本身）　想要～

2 ［名］＋によると　根據

3 ［動－名詞修飾形］＋のに　為了

4 ～し　既～又～

5 ～とても～ない　實在不～

6 ［名］＋らしい　典型的

7 ［動－ます形語幹］＋かけ　途中、還沒～完

8 ～にとって　對於～來説

9 ～わけがない　不可能

10 ～とともに　和～一起

11 ［動－意向形］＋とする　打算～

12 ～目をしている　有著～的眼睛（をしている表示長相特徵）

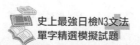
史上最強日檢N3文法
單字精選模擬試題

13 　～なら～いい　的話～可以～（表示建議）

14 2　　15 1　　16 4　　17 4　　18 3

解説

14 　彼女は、先月からずっと学校を休んだままだ。
15 　年が近いおかげで、先輩にもすごく相談しやすい。
16 　この部屋から海の音が聞こえる。
17 　病気の時は遠慮なく休暇をとりなさい。
18 　近所の人たちが通りでおしゃべりをしている。

問題3

19 1　　20 4　　21 2　　22 3　　23 4

▶第14回 ----------------

1 2　　**2** 3　　**3** 2　　**4** 4　　**5** 1

6 3　　**7** 4　　**8** 2　　**9** 1　　**10** 3

11 2　　**12** 1　　**13** 3

解説

1 ［名］＋ばかり　總是

2 ～はずだ　應該

3 ［動－て形］＋ほしい　希望～

4 ［動－辞書形］＋まい　絕不～

5 まさか　想不到

6 ～みたい　像～一樣

7 ～もの　因為～

8 ［動－辞書形］＋ものだ　表示命令

9 ［動－ない形］＋ように　注意不要～

10 ［動詞、い形、な形］名詞修飾型＋わけではない
　　　並非

11 ［名］＋をおいて　除了

12 ～んじゃない　不～嗎

13 ［名］＋をけいきとして　以～為契機

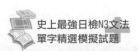

史上最強日檢N3文法
單字精選模擬試題

問題2

| 14 2 | 15 3 | 16 1 | 17 4 | 18 2 |

解説

14 お酒を飲み過ぎると健康によくないよ。

15 残念ながら、彼の努力は効果がなかった。

16 毎年1月になると湖水が凍ってしまう。

17 年をとるとどうして腰が曲がるのでしょう。

18 辞める場合は1か月前に言ってください。

問題3

| 19 2 | 20 4 | 21 1 | 22 4 | 23 2 |

▶第15回 ----------------

1 2 　**2** 4 　**3** 2 　**4** 1 　**5** 3

6 1 　**7** 4 　**8** 3 　**9** 1 　**10** 2

11 1 　**12** 2 　**13** 3

解説

1 ［名－の］＋間　在～期間

2 いったい＋疑問　究竟

3 かえって　反而

4 ～限る　最好

5 ［動－ます形語幹］＋がち　容易會

6 ～から（に）は　表示義務、命令

7 ［動－辞書形］＋かわりに　與其～不如～

8 ～きり（だ）　只是

9 ～くらい（だ）　到～程度

10 ～げ　好像～

11 こそ　正是

12 ～ことになっている　規定

13 これは→こりゃ　これは的口語表現方式

 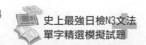

解説

14　夜になるとなんだか寂しい感じがする。

15　田中さんのご親切に心から感謝します。

16　お勘定は全部で5,000円になります。

17　彼は感情をなかなか顔に出さない。

18　その作文は生徒に大きな感動を与えた。

問題3

19 4　20 2　21 4　22 1　23 4

▶第16回 ----------------

問題1

1 3　**2** 4　**3** 3　**4** 1　**5** 2

6 3　**7** 1　**8** 2　**9** 3　**10** 3

11 4　**12** 2　**13** 3

解説

1 に思う　覺得

2 何をおいても　無論如何

3 ～らしい　推測

4 ～を飛ぶ　飛在～

5 ［動－普通形］＋ようにする　表示意志

6 ～ような　像～

7 ～ものだから　因為

8 ～ものだ　感嘆

9 ～もの　因為

10 ～みたいだ　好像

11 ［い形不加い］＋み　將形容詞轉為名詞

12 ［動－た形］＋まま　就這麼～、保持著～

13 ［動－辞書形］＋まい　不會

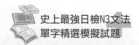

史上最強日檢N3文法
單字精選模擬試題

問題2

14 2　　15 1　　16 3　　17 4　　18 2

解説

14 彼女はスタートの合図に手を振った。

15 会社に話し相手がいなくて寂しい。

16 友達がせっかく来てくれたのにあいにくの雨でした。

17 壁の穴から光が差し込んだ。

18 彼女は病気の回復の望みはないとあきらめた。

問題3

19 1　　20 3　　21 4　　22 1　　23 4

▶第17回 ----------------

問題 1

1 3　　**2** 2　　**3** 1　　**4** 2　　**5** 3

6 2　　**7** 1　　**8** 3　　**9** 2　　**10** 4

11 2　　**12** 1　　**13** 3

解説

1　～うちに　在～之間

2　［動－ます形語幹］＋がち　容易會

3　～から（に）は　表示推斷

4　～かわりに　相對的

5　～間に　～之間

6　［動－た形］＋きり（だ）　持續某一個狀態

7　～くらい　表示程度

8　～さえ　連～（都）

9　～させる　指示、許可

10　［動－使役形］＋ていただく　請求許可

11　更に　更加

12　動詞否定的ない換成ず　否定

13　～さえ～ば　只要～就

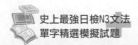

史上最強日檢N3文法
單字精選模擬試題

14 3　　15 2　　16 2　　17 1　　18 1

解説

14　彼は手を合わせて祈っていた。

15　いい天気が1か月間も続いた。

16　あなたがそんなことを言うからいけないのだ。

17　その手紙に彼は異常な誠意をみせた。

18　あの2人はいずれも外国人だ。

問題3

19 4　　20 2　　21 4　　22 1　　23 2

▶**第18回** ----------------

問題1

1 3　**2** 2　**3** 1　**4** 3　**5** 2

6 1　**7** 2　**8** 1　**9** 3　**10** 2

11 4　**12** 3　**13** 2

解説

1 ～すぎる　太～

2 すでに　已經

3 ～だけ　只要

4 ても→たって

5 ［動ーます形語幹］＋たて　剛～

6 たとえ　就算

7 ［動ーた形］＋ばかりだ　完成一個動作後沒有多久

8 ～ために　為了

9 ～たものだ　表示回憶過去

10 名詞＋だったら　假設

11 たらどうですか→たら

12 つい　不知不覺就

13 お目にかかれる　「お目にかかる」的可能形

290

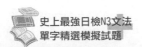

史上最強日檢N3文法
單字精選模擬試題

問題2

14 2　　15 1　　16 3　　17 4　　18 1

解説

14　この公園は2人の思い出の場所である。

15　警察はその件の調査を開始した。

16　あなたの解釈は間違っているようだ。

17　あの人はたくさんの借金を抱えている。

18　母はいつも玄関の鍵をかけ忘れる。

問題3

19 3　　20 1　　21 4　　22 1　　23 2

▶第19回--------------

1 4　**2** 3　**3** 2　**4** 4　**5** 1

6 3　**7** 4　**8** 2　**9** 4　**10** 2

11 1　**12** 2　**13** 3

解説

1 てしまう→ちゃう

2 ～っけ　是不是～來著

3 ［動－辞書形］＋つもりだ　打算

4 ［動－て形］＋ほしい　希望

5 ～てはじめて　在～之後才

6 ～ても　即使～也～

7 ～とのことだ　據説～

8 どうしても　無論如何

9 どうやら　總算

10 ～ところだった　差一點就

11 ［動－ている／ていた］＋ところに　正當～的時
候

12 ～としたら　如果

13 なかなか　非常

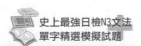

14 4　　15 3　　16 1　　17 4　　18 1

解説

14 空港に着いたら電話してください。

15 あの子は子供ながらあいさつはしっかりとできる。

16 彼に関する悪いうわさを聞いた。

17 体調が悪くなったので旅行は止めることにします。

18 私は心理学に対して非常に興味をもっている。

問題3

19 3　　20 1　　21 3　　22 1　　23 4

▶第20回 --------------

問題1

1 3　　**2** 3　　**3** 2　　**4** 1　　**5** 4

6 2　　**7** 2　　**8** 4　　**9** 2　　**10** 1

11 3　　**12** 3　　**13** 2

解説

1 ～にちがいない　一定是

2 なんて　竟然

3 名＋にくわえて　除了～再加上

4 ～にすぎない　只不過是

5 ～（の）ではないだろうか　不是…吧

6 ～ほど　表示程度

7 ［動－た形］＋まま　就這樣

8 他動詞て形＋ある　表狀態

9 わけでもない　並非～

10 ～ぐらい　只不過

11 ～こそ　正是

12 ～させていただく　表示請求

13 ～させられる　使役被動

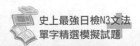

14 1　15 2　16 3　17 4　18 3

解説

14　車を買うならあそこの店が安いです。

15　私が悪いから彼に謝らなくちゃ。

16　これは子供向けの科学番組です。

17　事故で腕にけがをした。

18　たばこをやめようと決心した。

問題3

19 2　20 4　21 3　22 1　23 3

▶第 21 回 ----------------

問題1

1 2 　 2 4 　 3 1 　 4 3 　 5 2

6 2 　 7 4 　 8 3 　 9 1 　 10 2

11 4 　 12 2 　 13 1

解説

1 動詞否定的ない換成ず　表否定

2 どれだけ　多少

3 ため　因為

4 ～に決定する　決定

5 わざわざ　特地、故意

6 ［動－ない形］＋わけにもいかない　不能～

7 ［動－普通形］＋ようにする　表示意志

8 ～ものだ　常識

9 むしろ　不如説、寧可説

10 ～みたいだ　好像（表推測）

11 ［名－の］＋まま　老樣子

12 ［動－て形］＋ほしい　希望～

13 ［名］＋ぶり　狀態

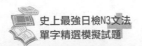

14 1　　15 3　　16 4　　17 3　　18 3

解説

14 実は彼は今日来ないんだ。

15 この仕事は彼の支配で完成した。

16 ここではそのようなことがしばしば起こる。

17 食事をしながらゆっくりしゃべった。

18 彼の頭が邪魔になって前がよく見えない。

問題3

19 3　　20 2　　21 1　　22 3　　23 4

▶第22回 ----------------

解説

1 完全に　完全地

2 ［動－て形］＋いる＋間　～時

3 ～うちに　趁～時

4 ［名］＋にかぎる　只限

5 ［動－ます形語幹］＋がち　容易會～

6 ～から（に）は　表決心

7 かわりに　相對的

8 ～さえ～ば　只要～就～

9 ～し　既～又～

10 ～ず　否定

11 ［動－ます形語幹］＋すぎる　太～

12 すでに　已經～

13 召し上がる　「食べる」「飲む」的尊敬語

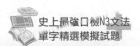
史上最強口檢N3文法
單字精選模擬試題

14 4   15 2   16 4   17 2   18 2

解説

14 彼はいつでも出発できるように支度している。

15 一体なぜ昨日来なかったのか。

16 一度に二つのことに集中することはできない。

17 左の足にずきずきする痛みがある。

18 このえはがきを1枚いただきたいのですが。

問題3

19 1   20 4   21 2   22 4   23 3

問題 1

1	3	2	2	3	1	4	4	5	1
6	4	7	2	8	2	9	1	10	3
11	2	12	2	13	3				

解説

1　名詞＋につき　表原因理由

2　［動－普通形］＋ようになる　變得會～：會～

3　せいぜい　充其量

4　～だけ　盡可能

5　だって　でも的口語説法

6　～ために　為了

7　～たら　假設

8　ちゃいけない　「てはいけない」的略語

9　つい　不知不覺

10　～つもりで　打算

11　～ところへ　剛好、正當…的時候

12　～だけあって　正因為

13　いただく　「もらう」的謙讓語

14 1　15 3　16 3　17 2　18 3

解説

14 プロ野球選手になるためにはできるだけの努力を
　　するつもりです。

15 物価は上昇の傾向を示している。

16 世の中に欠点のない人はいない。

17 腰をかけてお待ちください。

18 4か所応募していたが全部断られた。

問題3

19 2　20 4　21 1　22 2　23 2

問題1

1 2　2 4　3 1　4 4　5 1

6 3　7 4　8 4　9 2　10 4

11 3　12 2　13 1

解説

1 ［名］＋に関する　關於～

2 ～に対し　對於～

3 により　由於～

4 ではないかと思う　我想是～吧

5 ～ばかり　老是～

6 ～はんめん　另一方面

7 ～ても　即使～也

8 どうしても　無論如何

9 ～としては　以～的立場

10 ［動－ます形語幹］＋ながら　但是～

11 ないと　ないといけない的口語縮短

12 ～などと言う　～之類的

13 ～について　關於

 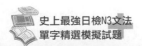

14 4　15 4　16 2　17 4　18 2

解説

14 今日は暑くてたまらない。

15 理由は単にそれだけではなかった。

16 田中さんの家はこの辺に違いない。

17 そのことは思い出すだけでもつらい。

18 母の姉の息子、つまり私のいとこが近く上京して
　　くる。

問題3

19 1　20 3　21 2　22 4　23 2

文字語彙模擬試題解答

▶第1回----------------

問題1

1 3　2 1　3 4　4 2　5 3

6 1　7 1　8 4

問題2

9 2　10 1　11 3　12 2　13 1

14 4

問題3

15 1　16 2　17 1　18 2　19 4

20 3　21 1　22 3　23 2　24 1

25 4

問題4

26 4　27 2　28 2　29 3　30 2

問題5

31 2　32 4　33 3　34 1　35 4

▶第2回 ----------------

問題1
1 3　**2** 4　**3** 1　**4** 1　**5** 2
6 4　**7** 3　**8** 2

問題2
9 2　**10** 4　**11** 1　**12** 2　**13** 4
14 1

問題3
15 3　**16** 1　**17** 3　**18** 3　**19** 2
20 1　**21** 4　**22** 1　**23** 2　**24** 4
25 0

問題4
26 3　**27** 2　**28** 4　**29** 4　**30** 1

問題5
31 2　**32** 4　**33** 1　**34** 3　**35** 3

▶第3回 —————————————

問題 1

1 2　　**2** 4　　**3** 1　　**4** 2　　**5** 2

6 1　　**7** 4　　**8** 2

問題 2

9 3　　**10** 4　　**11** 1　　**12** 2　　**13** 3

14 3

問題 3

15 1　　**16** 4　　**17** 1　　**18** 2　　**19** 4

20 1　　**21** 2　　**22** 4　　**23** 1　　**24** 3

25 2

問題 4

26 3　　**27** 2　　**28** 4　　**29** 4　　**30** 1

問題 5

31 1　　**32** 4　　**33** 3　　**34** 1　　**35** 2

▶第 4 回 ----------------

問題 1

1 2 **2** 1 **3** 1 **4** 3 **5** 2

6 3 **7** 1 **8** 4

問題 2

9 2 **10** 4 **11** 1 **12** 2 **13** 3

14 3

問題 3

15 4 **16** 2 **17** 1 **18** 4 **19** 1

20 3 **21** 3 **22** 2 **23** 1 **24** 2

25 4

問題 4

26 2 **27** 3 **28** 2 **29** 1 **30** 4

問題 5

31 2 **32** 2 **33** 4 **34** 1 **35** 3

▶第5回 ------------------

問題1

1 3　**2** 1　**3** 4　**4** 2　**5** 1

6 3　**7** 2　**8** 2

問題2

9 1　**10** 4　**11** 4　**12** 3　**13** 2

14 3

問題3

15 3　**16** 1　**17** 4　**18** 2　**19** 1

20 4　**21** 1　**22** 3　**23** 1　**24** 2

25 3

問題4

26 1　**27** 2　**28** 2　**29** 4　**30** 1

問題5

31 3　**32** 2　**33** 4　**34** 2　**35** 1

史上最強日檢N3文法
單字精選模擬試題

▶第6回 ------------------

問題1

1 2　**2** 3　**3** 3　**4** 1　**5** 2

6 4　**7** 4　**8** 1

問題2

9 3　**10** 1　**11** 3　**12** 4　**13** 2

14 1

問題3

15 1　**16** 3　**17** 4　**18** 1　**19** 2

20 2　**21** 1　**22** 2　**23** 3　**24** 3

25 4

問題4

26 1　**27** 4　**28** 1　**29** 2　**30** 4

問題5

31 4　**32** 3　**33** 1　**34** 3　**35** 3

▶第7回 ----------------

問題1

1 3　**2** 2　**3** 4　**4** 2　**5** 3
6 1　**7** 2　**8** 4

問題2

9 3　**10** 1　**11** 4　**12** 2　**13** 1
14 2

問題3

15 4　**16** 1　**17** 2　**18** 4　**19** 2
20 3　**21** 1　**22** 1　**23** 3　**24** 4
25 2

問題4

26 2　**27** 3　**28** 4　**29** 2　**30** 1

問題5

31 2　**32** 4　**33** 4　**34** 2　**35** 1

史上最強日檢N3文法
單字精選模擬試題

問題 1

1 4　2 2　3 3　4 1　5 1

6 4　7 2　8 3

問題 2

9 3　10 1　11 2　12 4　13 4

14 1

問題 3

15 4　16 2　17 4　18 2　19 1

20 2　21 1　22 4　23 2　24 4

25 1

問題 4

26 2　27 1　28 4　29 4　30 1

問題 5

31 3　32 2　33 4　34 1　35 3

▶第9回 ------------------

問題1

1 3　　**2** 1　　**3** 4　　**4** 2　　**5** 1

6 4　　**7** 3　　**8** 2

問題2

9 3　　**10** 1　　**11** 2　　**12** 4　　**13** 2

14 1

問題3

15 1　　**16** 3　　**17** 2　　**18** 1　　**19** 4

20 4　　**21** 2　　**22** 2　　**23** 1　　**24** 3

25 4

問題4

26 1　　**27** 4　　**28** 2　　**29** 2　　**30** 3

問題5

31 4　　**32** 3　　**33** 1　　**34** 2　　**35** 4

史上最強日檢N3文法
單字精選模擬試題

▶第10回 ----------------

問題1

| 1 | 3 | 2 | 4 | 3 | 1 | 4 | 2 | 5 | 1 |
| 6 | 3 | 7 | 3 | 8 | 1 |

問題2

| 9 | 4 | 10 | 1 | 11 | 1 | 12 | 2 | 13 | 1 |
| 14 | 1 |

問題3

15	1	16	3	17	1	18	1	19	2
20	4	21	3	22	1	23	3	24	2
25	4

問題4

| 26 | 2 | 27 | 4 | 28 | 1 | 29 | 4 | 30 | 2 |

問題5

| 31 | 4 | 32 | 1 | 33 | 3 | 34 | 3 | 35 | 4 |

▶第11回 ----------------

史上最強日檢N3文法
單字精選模擬試題

▶第12回 ----------------

問題1

<table>
<tr><td>1 1</td><td>2 3</td><td>3 2</td><td>4 2</td><td>5 1</td></tr>
<tr><td>6 4</td><td>7 2</td><td>8 3</td><td></td><td></td></tr>
</table>

問題2

<table>
<tr><td>9 3</td><td>10 4</td><td>11 1</td><td>12 1</td><td>13 3</td></tr>
<tr><td>14 2</td><td></td><td></td><td></td><td></td></tr>
</table>

問題3

<table>
<tr><td>15 1</td><td>16 4</td><td>17 2</td><td>18 1</td><td>19 2</td></tr>
<tr><td>20 2</td><td>21 2</td><td>22 4</td><td>23 1</td><td>24 3</td></tr>
<tr><td>25 2</td><td></td><td></td><td></td><td></td></tr>
</table>

問題4

<table>
<tr><td>26 2</td><td>27 3</td><td>28 1</td><td>29 4</td><td>30 2</td></tr>
</table>

問題5

<table>
<tr><td>31 2</td><td>32 1</td><td>33 3</td><td>34 3</td><td>35 1</td></tr>
</table>

國家圖書館出版品預行編目資料

史上最強日檢N3文法+單字精選模擬試題 / 雅典日研所
編著. -- 初版. -- 新北市：雅典文化, 民103.06
　　　面；　　公分. --（日語高手；06）
　　　ISBN 978-986-5753-13-9（平裝）

日語高手系列　06

史上最強日檢N3文法+單字精選模擬試題

編著／雅典日研所
責編／許惠萍
美術編輯／林子凌
封面設計／蕭若辰

法律顧問：方圓法律事務所／涂成樞律師

總經銷：永續圖書有限公司
永續圖書線上購物網
www.foreverbooks.com.tw

CVS代理／美璟文化有限公司
TEL：（02）2723-9968
FAX：（02）2723-9668

出版日／2014年06月

雅典文化

出版社	22103　新北市汐止區大同路三段194號9樓之1
	TEL　（02）8647-3663
	FAX　（02）8647-3660

史上最強日檢N3文法+單字精選模擬試題

推致風靡　典藏文化

親愛的顧客您好，感謝您購買這本書。

為了提供您更好的服務品質，煩請填寫下列回函資料，您的支持
是我們最大的動力。

您可以選擇傳真、掃描或用本公司準備的免郵回函寄回，謝謝。

姓名：		性別：	□男　　□女
出生日期：　　年　　月　　日		電話：	
學歷：		職業：	□男　　□女
E-mail：			
地址：□□□			
從何得知本書消息：□逛書店 □朋友推薦 □DM廣告 □網路雜誌			
購買本書動機：□封面 □書名 □排版 □內容 □價格便宜			
你對本書的意見： 內容：□滿意□尚可□待改進　編輯：□滿意□尚可□待改進 封面：□滿意□尚可□待改進　定價：□滿意□尚可□待改進			
其他建議：			

剪下後傳真、掃描或寄回王「 」所在方

總經銷：永續圖書有限公司

永續圖書線上購物網
www.foreverbooks.com.tw

您可以使用以下方式將回函寄回。

您的回覆，是我們進步的最大動力，謝謝。

① 使用本公司準備的免郵回函寄回。

② 傳真電話：（02）8647-3660

③ 掃描圖檔寄到電子信箱：

　　yungjiuh@ms45.hinet.net